憂鬱共和國

王東東 著

目　次

與天使的談話

世紀

羞之頌

夢歌

我躲在一個國家的角落裡避暑
還好，它有少許蔭涼可以棲身。
雖然只是危坐，也會靜悄悄流汗
彷彿一種灌溉大地的虛無的勞動

當然不被承認。不需要行政命令，
風也會吹拂，芭蕉也會向你搖動芭蕉扇。
黃昏降臨，不要為不認識一二星辰而羞愧
放心吧，那些偏移的星星也不認識你。

我望著窗外，而明白：人最終擁有的
不過是一個窗口，以真正擁有塵世——
既可以看到地獄，也可以看到天堂
一棵正對著窗口的槐樹就是邊界。

當災難降臨恐龍的國度，我願守著
一畝良田，蜥蜴一般趴在光禿禿的田埂邊

當恐龍慌亂地奔跑，小心不要
被它們踩到，小心風雲捲走太陽。

我已遺忘了這個國家，我也不值得
這個國家記起：那準沒什麼好事。
彷彿在民國之前，不，是在黑暗時代
靠蠻力和勇敢，我們獵食低賤的部落。

克制著那古老的傲慢、虛幻的名字
和真實的愛：中國，為何中原有一隻鹿？

而本地人看似愚魯卻和外星智慧相連
玩弄著飛碟。何時我終於領悟幸福
莫過於進入一個女人的夢，被她在清晨無端夢到
當她懷孕的眼神看到了我的後代，一個英雄的種族。

2016.7

羞之頌

羞澀，最初只存在於神話裡。
供人們翻閱。那時，人神雜居
個個都大膽無畏，注意不到
世界起源於隱秘的羞澀之臍。

人和神，一起陶醉於宴飲之樂
偶爾也下一個無法償付的賭注。
可自從神的羞澀被人類偷去
如盜火，人類從此陷入寂寞。

再不能給對方一個玩笑或圈套
神甚至只有叫喊才能讓人聽到。
神偶，聽任兒童玩弄於股掌之上
人的驕傲，本來植根於神的羞澀。

難道天神不也會感到羞澀
當他對一個凡人產生愛情？

為了克服羞澀，他才變成牛
變成天鵝，甚至，一陣金雨。

讓頭頂的星空向她俯首稱臣，
因為人的羞澀至今仍餘神威。
希臘的能工巧匠帶著驚異和敬畏
給阿芙洛狄忒精雕細刻一個女陰

我如從夢中驚覺：在一幅畫中
誰對我露出了一絲羞澀的微笑——
她正從森林、宮殿和大海向我走來
一個天神，卻像世間女子那樣可親

一個赤裸的女人卻近乎盛裝
讓我變成詩人、盲人和啞巴
由於炫目的光亮和愛的耳語
一瞬間卻又想要逃離這宿命

如果不是導遊攔阻了我。
當鴉雀無聲的博物館大廳
突然迴響著孩子般的喧鬧
我被淹沒在眾多遊客當中。

你用羞澀來挑選男人
卻終將遇到一個比你還要
羞澀的男人，摯愛中的男人
用他的羞澀擊敗了你的羞澀

我久久看著羞澀這兩個字，
想要從中看到你，你的詞
彷彿要從空氣中看到你的呼吸
你的臉、頭髮、帽子和服飾。

彷彿它是愛的良知，是至善
一個被廢黜的嚴厲的審查官
以靈魂的羞澀，以面紗
對著我們宣讀一段經文：

他們二人的眼睛就明亮了
才知道自己是赤身露體
便拿無花果樹的葉子
為自己編作裙子

天人怎會在我這凡人面前害羞？
如果承受得起，我將受到福佑。

但，看吧，當維娜斯輕觸阿多尼斯的面頰
她羞澀的手指也正同時催促野獸復仇

由於你的羞澀，我才不會嫉妒
一隻在你的庭園中覓食的麋鹿。
聽任一條蛟龍在水邊遊蕩，你的羞澀
也喚醒了我對一個羞澀的民族的記憶。

女詩人

你的形象閃現在舞臺，讓時代
也晃了晃，給我帶來生命的震顫
彷彿雷電讓玫瑰吃驚，臉色煞白
可整個花園都吸滿了水，難以動彈。

感覺自己的嘴巴如此無味
這世界思念英雄，像思念鹽
我也手執長矛奔跑，為了
博得你的歡心，擲向利維坦。

你幾乎愛上了自己，在此之前
你已經嫁給了（可怕的）激情。
一門不出二門不邁，你已經
獨自一人登上通衢大街的最高層。

你將冒犯這個時代，由於你
孤獨的愛，共同體一樣的愛

再也無力發起一次遠征
你思念的英雄終歸失敗

那時你或許會將薩福呼喚
或者偶爾扮演一下繆斯
（哦，繆斯為什麼不能是男的！）
女人中的女人，追求詩中的詩。

你是否看見，在發暗的房間
一個羞紅臉的高個子青年
幻想隱秘的國度，正到廚房洗手
請你降落到凡俗的塵世間。

給菩薩的獻詩

當菩薩低頭，對我開口說話
我如何對答而不顯得癡傻？
仿若天穹訇然裂開一個闕口
伸出霹靂的爪子，將我緊抓。

盲目於觀看，否則世人
又該如何承受沉默的菩薩？
用眼光敬拜吧，猶如後世
情種大膽地盯著畫中人

她看似嬌小，卻隱藏著宏大
每次被看都彷彿再一次出生
她的臉也由小變大，由短變長
在那永恆的三小時中完成漢化。

你低頭時，飄逸的秀骨清像
映出魏晉南北朝的菩薩造像。

你抬頭眼望遠方，廣額豐頤
又浮現出了豐滿圓潤的盛唐。

當你回到我們的時代，哪怕
你急匆匆的一瞥也寧靜安詳
我願飲盡你黑夜的淚水，如甘露
並珍藏你偶爾轉身的悲傷。

女詩人

詩歌，我的姐妹，當你從深閨
向我走來，我感到我們相愛已久
讓一直在等你的世界也深深嫉妒
彷彿它不能承受兩個太陽的照耀

而只能容忍一個太陽一個月亮
交替升落，映射出地球的孤獨
彷彿你的目光深鎖在宋朝的窗口
可忽爾你佇立高樓，將欄杆拍遍

讓我癡想，可能接住你拋的繡球？
我的喉嚨發鹹地碰觸你的劍，陡停
在空中，幾乎要哭出來的發怒的劍
我無法看清它怎樣收起，與汝合一

那麼就穿上男人的衣服，跟隨我吧
成為我的朋友，抑或我的勁敵

同乘一匹馬，為何你要搶坐在我的
前面，而不是騎乘在我虛無的後面？

要麼你另找一匹，無端端逃離
迢遙地動聽地消失於山林水澤
你隱身於一座會遷移的古堡
在愛情之上，等待一場戰爭

從那完美的地方，向我眺望
一架雲梯才能把你接到地上
可我得從最上層開始，一級級向下
建造，要麼用我的肉身做你的臺階

七夕之詩

你坐在我的身旁，安靜而羞澀
你，一塊石頭。我，一面湖水
你也喜歡這樣的我，彷彿
一切動亂的思維都已停止

你低頭，可以從中照見自己
你的臉、腰臀和快樂的臂膀
你可以一口吸入自己的胸腔
你在夢裡跌落，被自己接住

可一群野馬跑過，濺濕了我
連同你的裙裾、涼鞋和腳趾
當我在愛中，我幾乎從未
產生情欲。情欲般的水波

也被你一句話說破而飛逝
如果我有情欲，我會變得渾濁

你也不願看到難以認清的自己
我想要變成一匹馬帶著你飛逝

那野馬一樣的洶瀾，波瀾壯闊
也淹沒不了光亮的、清潔的你
於是我只好又變成了燦爛的銀河
你在岸邊，羨慕地望著對面的你

女詩人

在古代，你向我們透露了靈魂
戰爭的靈魂，和平生活的靈魂
陪伴失敗的丈夫或父親渡過長江
你仍然保持著勇敢、溫婉和平靜

你隱身在幕後，成為靈感的來源
一個詩的國度，卻少了一半詩人。
男人用與你有關的一行換取功名
你懷春，甚至不知道懷春的意義。

你混淆了書房和閨房，四壁坍塌
你在舞臺中央發出女酋長的喊叫
為了不發瘋，麥克白夫人必須成為
莎士比亞，彷彿抒情詩人嘗試戲劇

語言對於女人是詛咒還是贈予：
擁有了語言，還能否擁有愛情？

擁有了語言，你也就擁有了世界
沒有男人說：「給我，我給你一切。」

新婚之夜，你用一把匕首奪取貞潔
哄騙拉拉，讓觀看的丈夫如聽仙樂
在茫茫大海中你將生下拜倫
在綿長的亞洲大陸生下普希金

你將教會我心靈的微妙，
不再為時代的肉體悲哀
但終將讓可憐的時代震驚
但時代和我都會把你感謝。

故居

你走來，哦，就像初升的太陽
照耀世界和我。鳥兒鳴叫起來。
我終於入睡，在你蔭涼的庇佑下
在你頭髮的光亮的強烈的愛撫下

你的形象在我身邊，卻又遙不可及
彷彿幸福的天堂，漂浮在床的上方
彷彿你擎著一朵玫瑰，保留著記憶
彷彿吸收了我的睡眠的南國的榕樹

那兩隻鞋的洞口，猶如我的眼睛
渴望你鸞鳳的赤足插入你的身影
而你的面容永遠嫁給了懷春的鏡子
如清新的朝陽溫暖叮嚀囑咐的泉水

沒有你，花木蟲魚該是多麼寂寞
正從我的身體裡長出，遮蔽庭院

這個夏天，我生命的精華陷入了憂鬱
你帶來秋天，讓我全身如石榴般綻裂

你吃我的心，嘴唇歡樂而鮮紅
你，生命的精華，沒有你見證
我生命的精華又該向何方流瀉？
讓庭院充滿孩童般的歡聲笑語

彈奏吧，我的靈魂就在你灑下的琴音裡
看蝴蝶飛過災異的大海，世紀的花園
看燕子從秦磚漢瓦的裂縫飛到現在
你十一歲時的手指已對我如此熟稔。

可園

我追尋你溶入水面的笑聲，
等它再一次迸濺，溢滿晴空
從甬道仰望站在高樓的你
連你的笑容也溶進了太陽。

可你的耳朵睥睨在邀山閣，
端莊地洩露對琴音的饑渴
耳垂悄悄將天堂拉向塵世，
當雲鬢還未消瘦你的歲月。

我探尋你的身影，而陷入迷狂
任風中的柳枝抽打我的肩膀，
彷彿有移動的綠蔭庇佑我
更有深埋的泉水讓我解渴

那是雲，在大地陶醉的投影
草木為一場春夢欣欣向榮

而閃電更為可貴，驚醒混沌
我看到尺度，在荷花的赤足——

宛如我在夢中所見，那光環
溫柔地摩挲我禮拜的頭頂
風光終逃不出你腳步的範圍，
我可信、可親又可欲的園子。

雪

我沒有看到雪從天庭降落
多麼遺憾。雪,暫時來到人間
是為了呼吸清冷的空氣,還是
為了再一次融化,對世俗好奇?

彷彿它遭受到同儕的敵意
被貶到了凡間,打著寒噤
但它將再一次依憑幸福上升,
瞧,蒸籠上,草木正冒熱氣!

被阻擋,在這國家的各種關卡
雪的降臨依然是一個奇跡
在江南,滋潤美豔如處子的肌膚
涉河北渡,可又裸露了雨的精魂?

燕山雪花大如席,可以裹著入睡。
它驀地綻放,證明了我們的耐心:

它比五瓣的梨花還多一瓣，
也就比桃花更多一瓣，比玫瑰！

雪，讓一切樹都變成了松柏
讓路上行走的人變成了雪人
夢遊在墓地、祠廟和廣場，
不聞鵲噪，雪會下得更緊。

正當我對著紙面苦思冥想
黃昏降臨，多虧了雪的反光
讓我的心再一次變得溫柔
讓我的筆撫慰辛苦的眾生

一個人在街頭呵手。而我此時
用冷水洗碗也會感到溫暖
生活一直有待創造，潔白的米
在煮熟前後都含有神奇的清香。

Young Man and Woman
Studying a Statue of Venus, by Lamplight

GODEFRIDUS SCHALCKEN(DUTCH, 1643-1706)

CA. 1688-92

Oil on panel

在白日，在曠野，多麼令人驚奇
當看到維納斯消融於阿波羅的天空
像桅杆，閃光於眾神出沒的雲翳。

而現在，它變得如此之小，像玩具。
在白天，他們只能觸及它的部分，比如腳
而現在，卻可以掌握它的全部。

然而卻不能說是殘骸，而是更形完美。
連天神也遭貶為人。他們激動地諦視
對方，因認出遭貶的天神而心中竊喜。

眾神悄然隱匿，只有愛神留了下來
因而異常珍貴，讓人們夜以繼日學習。
但柏拉圖說，愛神不是神，而是精靈。

當他們小心翼翼地捏住雕像的腳
它的身影投在紙上，彷彿在教導
像光一樣準確，繪畫才會完美。

當他們接吻，它就有了呼吸
當他們擁抱，它就有了體溫
那石膏再一次變軟，成為歷史的黏土。

他們也許會生出一個神，但
一個新的神，要長大需要很久
足以讓他們變老。雖然如此

他們也將遭到後世的嫉妒，為他們
曾這麼近地目睹過神：像擎著一個魔法
把他們突然照亮，而又凝聚了啟蒙時代。

燕行錄

燕行錄

經過白色的海浪，接近昏暗大陸
或從盛京，突然勒住馬來到北京
人們異樣的目光，注視著我們
彷彿我們是鬼魂在大白天出沒

更有小孩子圍繞著我們飛奔
撞到大人身上。摸摸我們的衣襟
想要一探虛實，內裡可只是木偶？
但我們有血有肉，還有羞恥。

笑嘻嘻的小孩子，止不住的好奇心
應該獲得原諒，雖然我們並非野人。
但大人們的訕笑幾乎引起了我的憤怒
中國人的笑容，總是讓我們困惑不清。

直到一位好心的男人，指引我們
去街市另一頭看一場戲，彷彿

看到了鏡中的自己咿咿呀呀，我們是
優伶，也是幽靈，大地上跳躍的火焰。

在宮廷裡看戲，更讓接下來
朝覲天子的日子變得不是滋味
彷彿那演員半真半假地獻上壽桃
更有穿我們衣服的猴子飛來飛去。

只有與一位清秀秀才的手談讓我安心
他想與我換衣服穿，於是在紙上
寫下足以讓他掉腦袋的字句，為什麼
啊，為什麼我們還穿著古代的王陽明的衣冠？

注：朝鮮使者衣冠乃「古中華禮服」，有「先朝之遺風」，清人不
　　識者乃以為當時之戲服也。

擬魯迅詩意

年青時我讀但丁，目光總落在煉獄
靈魂在石頭下受苦，卻並不氣餒
因而吸引住我，宛如機械的魔力
一種回力，並讓我再次凝視魔鬼。

而我本以為已走遠，疲乏的緣故
我在這地方停住，沒有能夠走到天國
我常常疑惑，在哪一個地方安置他們？
我的愛人和仇人，畢竟我分別為他們而活。

可我也並未返回，再次踏進地獄
那裡的靈魂多半並不可憎，而是可敬；
可在我之後，讀者的目光總是停留在地獄
這是多麼可憐，尤其在出版了我的全集之後。哦，但丁！

我的貝雅特麗齊，使我流亡到上海的租界。
而在北京的狹長胡同裡，依然留著一個犧牲。

「土壤派」陀思妥耶夫斯基，鍾情於大地的養分
扯什麼窮人有資格上天堂，因為「忍耐順從」……

但我卻不得不同意他，而忘記了我的阿Q
尤其，如果為了祥林嫂的話。不用說
中庸的國民性更適合煉獄；我熟悉的李伯元也不是
維吉爾。而我們早就忘記了，從地獄中可以帶回什麼。

注：此詩主要依據魯迅的〈陀思妥夫斯基的事〉。

復仇

薄暮中，十幾匹馬，站在台下了
我疑惑著自己，該不該出場，
忽然就看見一個藍面鱗紋的鬼王
擦亮黑夜，閃電般佔據世界中央。

人群噤聲，出現一條沉重的道路
我從容跟上，看穿他猙獰的面相
缺少一顆恐怖的心！甚至他的左心室
還在嬉笑，匱乏一種遊戲的端莊。

然而就這樣他吸引了一群孩子
跟隨他，躍上馬狂奔，駕臨墳場
亂石匍匐股骨頭，雜草蔓生毛髮尖
一時全消失。只磷火在閃爍、躲藏！

下馬大叫，將鋼叉信號般擲刺在墳上
他們不知道害怕，我卻看著腳下

防止他們跌倒（我絕不會給孩子們使絆）
又信仰一樣收回，上馬回到台下

那擲鋼叉的情節就又預演了一回
釘在台板生根，那孩子一臉紅窘
他們終於完成了什麼，彷彿沒了魂
坐在大人的板凳邊，充當觀眾。

他們帶來的鬼也夾雜在觀眾中
癡迷看戲，而並不害人。他出場，
引起一片緊張，將樑上飄下的白布
繞在身上亂舞，末了卻只纏在脖子上

眼看他就要跳下高凳，鐃鈸聲突停
於人們嗓子眼，彷彿一隊螞蟻在出征
他跳下，卻一下掙脫了白布包裹的犧牲
他自己之死之圈套高懸之獨眼之愣怔

一旦他忘情於表演，忘了板凳的高低
那白布在身上越纏越短，宛如他的生命
就有台下的鬼瞅準機會，秘密地上臺
將白布繫緊，打一個死結在生命的脖頸

這回吊死的是誰？是人還是鬼？
是那演員，還是他演的吊死鬼？
一霎時臺上亂作一團，恍惚難以認清
一人衝出後臺，那一鞭打了誰救了誰？

一面鏡子高懸在後臺，正好照見懸在
大樑的白布，也照鑒那演員，那人，那鬼
當鏡中空空，不見一隻孤鸞，只剩白布
表明了安全，鬼的求愛，終於被人擊敗。

他於是奔向台下，一條沉重的道路
和小孩子一樣奔向河邊，洗去粉墨
為此哪怕染上泥汙；擠在人叢裡看戲，
慢慢回家，彷彿擎在手裡的曲院風荷。

我永遠不會出現在後臺火熱的鏡子裡
那人拿著鞭子唸唸有詞，穿著我的緇衣
幹著我的活計：鏡子的確會映出兩個
但只要不映出我，就不會讓我白白驚駭。

我的身影隔離著幽冥，如珠玉環繞
舞臺。如此親密，卻不會被他們訛詐

那粉面朱唇的她，也只能妄想孩童
覷覷一根青蔥的生殖器，猶如哪吒

紅色的鬼很是可愛，如紅色的細膩
不用點燃已令人陶醉。你立在暗夜
兩肩微聳，四顧，傾聽，似驚，似喜，
似怒，慢慢唱道：「奴家本是良家女⋯⋯」

可為何你不能唱：「哪怕你銅牆鐵壁，
哪怕你皇親國戚！」你本來是要做厲鬼
無奈換成還陽的紅妝。我憐愛著紅妝
將男吊趕跑了，忍心去讓你討替代

人們怕你來，年末的鍋煤絕不會落成
愚昧的黑圈子。你的怨恨得不到原宥。
我憐愛著你，可是你如此迷信；既然不想
討替代，為何你不到世間向人類復仇？

注：此詩改寫自魯迅的〈女吊〉。

阮籍

終於，我感到使盡了平生的力氣
摔下山坡，仰面躺倒
而它竟然還趴在我的身上
毛茸茸的，像極了一個噩耗

但卻是現實，比噩夢還要可怕
後背一陣疼痛，彷彿大地開裂
露出鎮紙的大理石
我的頸椎也成為了抵觸的墓碑

它是否來報仇的獼猴
記恨著我惡毒的詞語
此時一隻鳩也鳴了兩下
我照樣無法理解為播種

它降臨我的頭頂，僅僅
因為我違背了孔子的教誨？

一個預兆，我竟不知
該報以白眼，還是青眼？

當我的眼珠骨碌著老莊
一旦定睛，鬼魂也會害怕
彷彿隱藏著一個刀斧手
我小心翼翼地出現在銅鏡中

反面的人，反面的事物
魚蟲一樣愛慕我的呼吸
當我的預言成為了現實
毛茸茸的，像極了一個啟示

但我實在難以理解它
甚至並不認識它，猶如一個生物
面對另一個生物，天地間的惶惑
天地只是顛倒，可畢竟還有天地

它該是混沌、窮奇，還是檮杌、饕餮？
——看守著四方。我本該陶醉於中央
但每天早上，卻由於憤怒而起床
又由於平息就寢，總不想真見到麒麟

我分不清它是龍，還是龍的後代？
一個過時的妖怪，還是一個未來的異形？
和它瞪視，就如尋訪宇宙大爆炸的奇點
但拒絕它的擁抱，也沒有讓野豬追上我

這讓我稍微心安，雖已十分窘迫
被它的雙臂捆縛著，就如
兩隻交媾的蒼蠅在天空飛行
撞到松油，嗡嗡的聲音突然中斷

克制著技藝，不發出呻吟
何況我曾向孫登學習過嘯
一旦撮起嘴唇，就足以令
滿山野獸由於快樂而奔跑

攥住我的手臂，卻沒有口吐聖旨
它是蠻橫的將軍，還是勇敢的美人？
我寧願無知酣眠，在美目睇視下
也不願醒來答應女兒的婚事

或為那一節委屈的歷史打腹稿
我遺失了我的劍，這並非自願

與其說我的劍術已經生疏，不如說
我的劍渴念著我的手，那紋理的撫摸

我駕車飛馳，並非為了窮途之哭
而是在尋找新的可以登天的建木
從天而降的生物將我撲倒在地
作為對我的報復，對世人的警告

也許我會失望於它不過是一隻猿
就如我和人類。哪怕它的皮膚
有著二十世紀的顏色，中國的顏色
它的眼睛也不過是兩個茫然的血洞

我似也不應該指責那片土地的貧乏
也許正因為我的刻薄，它
才進入我的夢境，又像清冷的蟬蛻
消失；只留下我，忠誠於一個虛無……

注：本詩靈感得自阮籍〈搏赤猿帖〉：「僕不想欻爾夢搏赤猿，其
　　力甚於貔虎。良久反覆。余乃觀天，背地，睹穹，亦當不爽。
　　但僕之不達，安得不憂？吉乎？執我。凶乎？詳告。三月，阮
　　籍白繇君。」

盧卡奇

從湯瑪斯‧曼的角度看，我是一個魔鬼。
但不是時髦的魔鬼，而是穿著思想的工裝。
當置身筵席，湯瑪斯‧曼不會想到邀請
在大廳就餐的我，彷彿我們之間隔著一本小說。

湯瑪斯‧曼從我身上製造了一個魔鬼，
讓我淹沒在眾多魔鬼之中。我只不過是一個
不大不小的魔鬼，甚至，一個魔鬼的複製品，
流亡在史達林手指下的歲月，幸運而又矛盾。

這世界的魔鬼如此之多，上帝不夠用了。
湯瑪斯‧曼想要和我打賭，就讓塞塔姆布里尼
對空開了一槍，我只好朝自己的腦袋開了一槍。
但我也大方地將手槍放在桌上，贏得了無政府主義的心靈。

我的一段理論——中國人永遠無法跟上，他們推崇
白色的鬼——將審問我的秘密員警送進了精神病院。

別玩政治了，請看我的美學，一門魔鬼的學問，
正如你們看到的那樣，作為魔鬼，我沒有自傳。

注：格奧爾格·盧卡奇是湯瑪斯·曼《魔山》中的人物納夫塔的原型。

倉央嘉措

分別來自於那一天，那一天
又讓分別的一切在路邊重逢
他先是顯現為死，騙過世界
接著又遺下語言的蟬蛻重生

他也成為了總是逃遁的精義
他的人生就像菩提樹的果子
熟透後，從經書瀟灑脫落
只在需要他的人面前現身

從此他可以自由顯現為世界
也可以讓世界顯現為自己
忍受著長生不老，哪怕只為了
去顯現，或者親見世界的顯現

在印度他看到一座移動的雪山
就近看卻是大象，不斷吃著

各方的古莎草，在它轉圈時
他將它身上的秘密仔細打量

西藏在象頭，中國在象尾
那一刻他生起無上厭離心。
熏香時，他將男根縮至腹中，
以免遭到無知少女們的嘲笑

他始終以焦急的心情去顯現，
癡迷於救苦救難，就像背著地獄
但他來了，成為了你的兒子，讓友人
能夠對你說，他的到來，是為了讓你斷情。

焦尾琴

我聽到她焦急的聲音，在風中
在火中飄揚，呼喊我的名字
讓我站立在那一秒，在那一秒
奔跑，拉起她的手在那一秒

她身上的火連著我的素衣
在我的身上蔓延，被我制止
那一秒她的焦急進入我的肺
我呼出的焦急又將她安慰

當我的焦急進入了她的焦急
我們的焦急就變成了歡愉
我聽到一種歎息，一種旋律
在我們的陌生溶解時升起

她的身子再一次投入火海
帶著我們都熟悉的未來的曲子

我看著她逐漸消滅，沉寂下去
在我的懷抱中留下焦尾琴

我害怕她醒來再一次向天上飛
無人能夠阻擋她靈魂的瘋狂
尾巴燒焦的鳳凰在火中舞蹈，唳——
叫，如果我沒有聽到那一秒

歷史的桐木燒焦做成了音樂
焦尾琴，再一次讓鳳凰棲止
如果我沒有停下在那一秒
看到妙處，風中飄揚的聲色

看海的故事

龍葵的滋味

你躺在床上，聽著喑啞的水聲
突然變得響亮，又在陰影裡
逐漸沉寂下去。那是在洪水之後
你聽到，卻感到莫名的欣喜，它

就如春蟬，在秋天的蟬鳴裡呼吸。
你終於醒來，屋裡也驟然明亮
牲畜從高坡下來，門前綠草悠鳴
不止。而曾經，洪水淹沒了太陽。

多少個日子，人們沒有出門？
你在夢中聽著枕畔的音樂：洪水
從你的頭頂流過去，彷彿故意
繞過生殖器，流到匆忙的田野。

當音樂減弱，大人們收穫水中
猶豫不決的糧食，你突然起身

跳下床，在淤泥和沼澤之上奔跑，
黃河灘旖旎著，宛似坍塌的院牆。

而在一片遲到的驚呼聲中，你
怎樣穿過了漫過脖頸的河水
走到了對岸，為了龍葵的滋味
它的眼睛裡沉睡著甜蜜的時間。

在你沉睡時，就一直注視著你。
仿若毒龍的每一片鱗甲都隱藏著心
而哪怕只有一顆心成熟，也會
讓你釋然：因為它尚不成熟的部分

對心急的孩子的父母可能帶來痛苦。
現在，水聲仍在洗濯你陳舊的耳朵。
你醒來，訴說睡夢中龍葵的滋味，
聽任別人的腦海裡翻滾著記憶的洪水。

乙未年秋日重登黃河中下游分界碑台

風，我的友人，在身邊熱烈地呼喊，
受到感染，塵埃裡，野馬開始奔騰
接近天意的乾渴。登臨不久，
一列鳧雁也從對面升上了天空。

想要逃離，伸長了寒冷的長喙
幾乎啄到了我的眼睛。
在臺上觀望黃河，彷彿回到幼年
我被禁錮在半夜尿濕的床被之中。

而現在，大橋從左手伸向了霧裡
那裡，浮現出一朵慈祥的雲，替我們看見
戴著防毒面具趕往北京的青年
暫時奔跑在華北平原的霾陣裡。

我的手機鈴聲響了，送快遞的小伙
將手機舉過頭頂，讓我聽到波濤

他彷彿在水中游泳，他邊游泳邊回過頭來
對我說：「俟河之清，人壽幾何?!」

我一聽也覺得有道理；彷彿他是
另一個我，我不過是在自言自語。
但我也終於聽到我的聲音，遠遠地，
從上游──我的生命發源於此

如果不是天上的話──來到了中游，
在十年之後，竟然還未流到我的腳下
彷彿分界碑，正充滿柔情地向上挪移，
我又接近了起源，那是一個奇跡

站在分界線上，一陣暈眩讓你
分不清哪邊是中游，哪邊是下游
聽到這聲音的人再也不會覺得
自己是被隨意遺棄岸邊的一粒沙子。

但黃河，仍然像青年手中的握力棒
一不小心就可以向左右彈射，
就好像它曾北奪海河，從天津入海
而多虧了淮河，才沒有和長江交匯。

環形鐵道

雨後，公車推開了污水
像辛勤的農夫墾出良田。
綠色充氣泵打滿郊區的天空，
我的焦急也上升為欣喜。

綠色渴望著誇大，素不知
生命之樹長青，但也會蒙上灰色。
灰色的眼睛骨碌轉動，暗示
人群中偶爾會出現一兩個老人。

大廳裡在錄影，今天的任務
一個談話節目，由未來剪輯；
在輪到我們之前，我們被允許
壓低聲音說話，彷彿談論秘密。

三個人走動，手勢也喪失了生氣
誰開口，誰就驚愕成牆上的面具

以這樣的形象留在別人的腦海裡，
惡作劇獲得滿足，構成一段歷史。

導演開恩，提議我們去二樓交談
他腳下的攝影機就擺在樓梯口。
書房盛開在空中，懸浮著聽力，猶如
露臺。我們只好打開那玻璃的門。

卻不想這間屋子裡擺放一張大床
還吊著蚊帳，像一本偵探小說。
還沒有怎樣談話，我們有人已感到
燥熱，卻尋不到立式空調的遙控器。

三個人闖入了主人的臥室中。
你作為女性提出了一個疑問
我的心靈啊，就像星辰中的城堡
堅不可摧，除非它自願流露光輝。

我說出了一個心事，並承認
由於故事，我差點失去信仰。
桃肉包裹著桃核，留下紅色傷口，
我們也是如此居住在整個星球。

我端詳一幅畫：西風中，妖魔
威脅著詩人的茅屋，黑色大氅
遮蓋宮殿。而廊柱就此彎曲，
彷彿米開朗基羅逃離了羅馬。

常常，我沉醉於一場對話，為了
理智的清明。又有什麼能將我們打斷？
一個人的突然轉身離開，讓我們
不得不跟隨出去，留下一個神聖的空間。

末班車

疲憊時，人會邊走邊睡：躲過市場
和法規，但眼睛渴盼著空靈的明火。
總有人會被甩到生澀的角落
拿著電腦和字典也找不到。

但無法抱怨，鐵路線邊
窮鄉僻壤，自古有親戚。
從村莊延伸到首都，保安認識
各種證件───一如蝴蝶的翅膀

在郊區閃爍，但還是無法滿足巨獸的胃口。
夢遊者消失於夢遊，猶如湖水中的魚和石頭。
車門打開，車門閉合：只有黑夜，能留住曠野──
那傷害的視野，在一個稻草人對墓碑的模擬裡。

不要對我說，有一個國家
那裡的悲哀可以讓死者再死一次。

更經常的事，被當作偶然：
軍樂隊通過，街道空無一人。

我無意哼出一段旋律，卻發現它
源自對面的小賣鋪，在播放流行音樂。
「我們這些人在等著末班車
不知道時代要往哪裡去。

世道如此，死人看了也會復活，
但復活後，看到了又甘願死去。」
但你在星空下徘徊，醒悟到
地球並非宇宙的下水道。

核桃頌

人的腦子速度非常之快，
快過了會議、閃電和時代。
沒打腹稿也能順利通過，最多
雙手抱緊頭腦，當致命一擊到來。

像受難的知識份子保持風度，
它的形象變成了可怕的啟示。
誰也不會注意路邊的核桃樹，
當它默默從風景中結出智慧。

完美的智慧仿若一陣風消失
腦子空了，腦殼撒落一地。
只為了品嘗這智慧的標本
從小我就會在門縫裡將它擠碎。

而現在，時代的巨錘已然傾斜。
棄置不顧，我已慢慢熟悉

女性的核桃夾子溫柔的姿勢
慢慢加強力量，直到它迸裂。

我吃著這些人腦以形補形
謹遵中醫的教誨，毫無悔意。
沒有人能夠指責我，除了
我想起那核桃就像我自己。

逃亡記

那是在哪裡？逃亡者在半路
也會迷失，只好返回。
順著逃亡的腳印，還好
它們沒有被風沙完全掩埋。

這苦役的場所竟十分完美，
像久違的家，召喚著勞改犯。
它就在沙漠的中心，可不管
逃向哪個方向，它都是邊緣。

逃亡者不是累死就是餓死
那白骨還保留著爬的姿勢。
但算了吧，既然前方只有死
誰不會在垂死前爬回去獻祭？

就連星星也會嘲笑人的愚蠢，
不願承認歷史上狡詐的英雄。

然而半途根本沒有星星、沙棗樹
抑或月亮，豈不更令人驚恐？

在暈頭轉向之際再次尋找
沙漠中的沙漠，家中的家。
烏托邦之中還隱藏著烏托邦
可誰也無法對祖國改變看法。

在眾多故事中，為何我獨獨鍾情
於逃亡？抵禦著變成沙子的希望。
無法向流沙索要自由，暫時被風推擋。
我久久停留在這廣袤的一頁，難以平靜。

誤入

己丑年九月十五日，雪
下了大半天，下午三點才停
但，比往年提前一個月。
朋友叫上我，拍一下雪景。

「那邊是東吧！」我指著
越升越高的月亮說，從東方
月亮的清輝投在湖面上。
我們的車正繞著湖行駛。

湖水幾乎與岸齊平。
附近的村子在路邊
拉上了拒絕的鐵絲網。
我們的車無處可去。

停留在路邊的大院裡：
紀念館未對外開放。
任我們從小門進去，
穿行在寒冷的巷道中。

屏風上的詩文和說明
凍結成了黑暗的暖流。
盡處，竟然擺放著一個花轎。
我向左突進，看到屋簷。

有一點迷惘，我回頭
撞上了朋友。為了認清故居主人，
我想起李商隱，一會又想起李煜
但其中的相似性又一一被我否定。

我看到他在寒冷的陣列中走來，
燈火通明，他是皇帝的一個侍衛，
在重重甲兵下，護衛著自己的心，
而他的愛人早已死去，不停呼喚著他的名字。

琴臺

當他迎面撞上琴臺的匾額
找不到筆，只好束竹葉題壁
遺憾琴曲失落，如自我的漂泊
古稀又遇上了兒時的夢魘

他那時即懷抱天真的古琴
卻慢慢長滿了懷疑的苔蘚
而今熏沐於暖陽，如童貞
琴臺讓他訝異，感動又不安

他將在不滿一年後死去。多年後
音樂如醉鬼逡巡迴廊，琴臺
如晦暗的鏡子，映出後代
一個知己，孤零的一個人，和自己

高山流水，提煉並詰問著銅
眼看黃土壤，無端升起了一口鐘

彷彿完滿的情志，從不會為
外界野蠻干擾，但可以觸動

他的字集起，將成為新的匾額
彷彿這是他在琴臺的犧牲
等待著下一個後來人辨認，臨摹
並重複他在那一刻的心情

琴臺存在，不是為了傾聽
甚至不是為了彈奏而存在
我存在，琴臺才存在。我到來
認出我，古琴臺才成為古琴臺。

看海的故事

他帶你來看海，而他卻看海鮮
問著價錢。大海不斷撲過牆頭
要索回什麼。你沿著燈塔平臺
深入海，叮囑老太太和小女孩止步

他打來電話要你返回，他已買好海鮮。
你想起可以照相的人，可以一起看海
他正坐在長途汽車上從內陸緩慢趕來。
第四天你們躺在海岸草地，遭到摩警驅離

大海在耳膜邊喘息，像一個親密動物
如果說，看海不如聽海，是這意思嗎？
在中午，大海懸停在天空，如太陽
你驚愕而無法說出。一旦說出

大海就會從天空落下，向陸地
向你潑灑，如一滴水中的細菌

有一瞬間，大海懸垂在天空
像氫氣球，被你想像中的孩子

扯在手裡，緊追著你，停在你
頭頂上方。當你想像中的孩子
玩累了，鬆手，它旋即升高
像月球，在即將傾側的瞬間照耀

人間萬姓。你在海邊照了一張相
照的人說，你有一位偉人的風姿
只差將一支快要吸完的煙蒂順手
扔進海裡，可是你並不抽煙

自然也當不了偉人，更無法點燃海洋
聰明的海洋生物自然也反對你這樣做
看海的人不會看出毛病來吧？看見
海面上穿幫的盡頭，像一部近代史

感到蚊虻在眼裡飛舞？甜潤的血管
充滿鹽，喉嚨升起形而上學的渴意？
大海像一張你推開門就可以走進去的床
被人扔在了車窗外。海岸線，海妖吟唱

本地漁船上都插著竹子，有一陣子
你以為它們是活的，彷彿龍，彷彿
你看風景的骨骼，也曾被漁民駕駛著深入海
你感到朋友搬運海鮮的焦急，而返回了碼頭。

雨

雨中趕路的人們遺棄了世界
我在雨中拾起了它，感到快樂
大口地呼吸著空氣，彷彿這時間
是我偷來，盡可以待在原地不動。

在慌亂的世界，只有我麻木不仁
體會到地球轉動慢下來之後的樂趣
彷彿我是如此無聊，離開劇場
而雨，非要拉開這世界的帷幕。

綠色郵車駛過，如此迅疾
如此動人，像一隻狡猾的松鼠。
雨水清澈，下水道通暢如一句唐詩
彷彿這世界永遠不會掀起泥濘。

喜鵲興奮地在松樹枝頭跳躍
我靜悄悄地走過，雨聲掩護我

道路旁，花木在潑潑濃郁的芳香
如雨滴，映出對面女孩子的凍瘡。

我終於覺悟，我多麼喜愛在雨中
漫步，雖然打著一把借來的傘
走出辦公室，但沒關係
可到新生活超市，買一把新傘。

憂鬱共和國

南越王

在解放北路，在象崗山，南越王正在呼吸，
熱氣噴到遊人臉上，像一匹殉葬的白馬。
考古學家轉身，將吊車的驚嘆號關進墓石。

暗中使力的還有音樂的殉人，在生前就協律
與他的願望相反，殉葬了一個禮樂的未來。
但還為主人留下一個單獨的房間，翩躚起舞……

他何時光臨，尋找他的靈魂，音樂的靈魂？
死後是否還允許串門？高樓上有人在讀聖經。
白天，他在上升的電梯中看到雪藏的高僧。

而一旦他躺下，仍會穿上南越王的絲縷玉衣。
也難怪，隔壁的父親趁酒勁徹夜打罵兒子
鄰居告誡留宿的朋友，在窗戶後偷看，別出聲

免得他的怒火轉移。於是我理解了，為何革命
發生在廣東：我們始終不瞭解那兒子的長相。
員警偶爾降臨，父親又會軟下來，復甦而不服輸。

南越王翻了翻身，在睡夢中喪失了他的權力
只留下印璽作為紀念。專制的結石，如何成了
自由的財富？他側躺，迴避來自香港的電波。

……被瓦解的巨人的形象在天空與霧霾握手。
地下墓穴凸出，盤桓在地面，如何吞沒了城市？
南越步行十分鐘的路程，現在開車要四十分鐘。

去酒吧赴約，還是去火車站？讓他獨個兒再喝
一杯。車流中，等待讓我成為南越王的衛士。
焦急的黑啤酒，讓我的火車票在誰的手機上被改簽，

回程被推遲到一列慢車上，以至於第二天下午
我還在鄭國顛簸。哦，告訴人們，你也做過南越王，
不用羞慚，由於時代的錯誤，擁有一個文明博物館。

山中

在一場秋雨中，我們離開
將風景的渴意留給了你。
他，要在那晚趕回北京的家
我則在第二天由鄭州飛向臺灣。

這一片山河大地都屬於你
開始你並不知道，這是
多麼大的一種幸福，殷勤而盲目。
哪怕你自嘲：「不吃飯，多散步。」

但也幾乎難以繞著它轉一圈，
就如太陽沈落黃河。黃河，就如
黃沙籠罩黃種人，氤氳著霧氣
看起來像一片水墨畫，且神似江南

此刻在你的微信裡，由於低解析度。
那時，你從更好的角度捕獲了它

拍下照片：即使它氣息微弱，也是你
為那家人故意向我們指錯路得到的補償；

彷彿你侵佔了那家人獨佔的風景；
為一條通向它的漫過雙腳的道路
也漫過人頭；為道路通向道路
為道路盡頭，船徒勞指向對岸

黃河的生氣就是你的生氣
但現在它正忙於沖沙，
一顆外星飛船停在上空
將沙子作為建築材料運走。

我坐在船頭比劃著船槳，為
還未解開繩子；你們站在河灘
望著我，彷彿那是一個荒誕：
為他提議游泳卻並不準備下水

為對岸……為那已是另一個岸；
為下降六十米的水位，為白鷺
之怠慢；為我們過早離開，為膽怯，
為你還不懂得欣賞女體之美的童年。

現在，你可仍會感到煩悶？但
請不要摘下籬邊的生番茄。
既然，你已在河灘上有了一次歷險，
心靈在噪叫，陷入了風景的包圍。

猶如一隻羔羊面對群狼，你發現
自己迷路了，倉皇向山上奔逃
在看見一片玉米地後心情沉穩
又收穫神賜的香瓜，滿足飢渴。

你在山上找到的哪一塊石頭
是你？你又藏在哪一棵樹後？
實際上無法隱身，也無需勞駕
別人去找，我相信，你能安然

回到住處，是因為在一個山頭上
焦急地回頭，看到了你的父親
他剛去世不久，晚上還托夢給你，
在你回頭時也回頭，正對你嘿然而笑。

聽琴

琴聲自高處的山林蜂擁而下
向我們的耳朵，久已遺失的琴弦。
你突然說，你看到彈琴人
正背對我們面對蒼穹傾軋。

沐浴著日光的暈圈，
他也許在一個人祈禱吧；
又或在諦聽天籟，彷彿有一隻鷹
落入他的手指甲刮擦的山岩。

而我們只顧艱難攀登，不想
音樂的蜜蜂正在頭上採蜜，
太過繁忙，甚至不發出一點聲響。
有人怕螫傷，生起了無邊的歸心。

你作為女性驚叫了一下，
然而也並沒有踩到蛇。

聽起來不過是為了試探天氣
地衣和兩個同伴中高個子的風度。

曲廊迴環，我們不斷穿行。
茂盛的高處一個道士沉思，
明知他能聽見，我仍引用了魯迅；
執著的姿勢，帶來了多年的懊悔。

那一刻天色轉暗，爭論激烈，
我們的步子慌亂如草。彷彿道士
隔空對我發出了詛咒，閃電般
指向我的未來，讓我找回了信仰。

憂鬱共和國

「這是一種普遍的憂鬱，憂鬱共同體。」
然而，是誰糾正說：「憂鬱共和國。」
區別在哪裡？你認識最多的樹
但這種知識無益於公民的美德

甚至因此難以成為合格的公民
樹，比人多。樹的種類更是
多於人的種類。但這不會讓你氣餒
而是更加興奮：可以用一生去認識……

作為一名不可救藥的唯名論者，
也許只有上帝才能將你寬恕。
反對他就是反對自己，而不去命名
就連憂鬱的上帝也喪失了部分語言；

果實一般落進詩人的夢裡，成為詩
剩下的語言歸然不動，成為教科書。

你在大街上和友人輪番撫摸一棵榆樹
的樹瘤，由一個兒童的膝蓋撞出

可有人卻想要挖出它去換一所房子，
嚶嚶嗡嗡，如蜂巢，而又突然安靜。
它的哭泣氤氳著來自災難的美，暫時遺忘
對於繁忙採蜜的人民，它就是傷害的首都。

你送給我一本野菜圖譜，我深知
你並不是李時珍，隔膜於治療的意涵。
在江南，你分泌完你的多巴胺，你的快感，
圖畫中的古典女子讓你從蘇州追隨到杭州。

盛世路不拾遺，只有醉漢臥倒
垃圾桶旁桂花樹下有人講故事。
唯名論者孔子也許是憂鬱的博物學者，
你是他的不合格的信徒，片面的信徒。

人人都張開嘴咬走一塊憂鬱的圓桌，
我告誡自己不要皺眉。你聲調高昂，
引起我的擔心，彷彿站在水邊
但每一個人都免不了自作自受。

前妻家族勢大，從法院滲透到派出所
將你剪除出家庭，安排好長大的兒子。
多少年後，你仍將宣揚她的美貌和
與你競技的另一位詩人的妻子齊名。

她是一名律師，那麼也應該是你的律師
卻經常站在法官那一邊，也許正為此
你才喪失了對法治的信心，幻想並呼喚
她仁慈的人治，講道德，談詩寫詩的青春。

當你的憂鬱成為一部著名的憲法，
我們都應該唱和，像喝醉的官員。
翻閱憂鬱的詞典，憂鬱的百科全書
我們將更像一本憂鬱小說中的憂鬱人物。

我伸出了遼闊的手掌，仔細辨認
漢人的文明在河南一帶掙扎。
而看到我的子孫無限，正向海外蔓延
流播：那時，我終於學會古國的溫柔。

過郁達夫故居

偶爾闖入別人的生命之謎中
產生的歉意，也會被新綠覆蓋：
主人最為得意的日子，和新婚妻子
從二樓的窗戶對著富春江凝望。

這也許會讓你的歉意減輕。
主人的自白，即使催開全部花朵
也不會讓江水逆流，更不能夠
讓祖國愣怔或窘紅，只是讓故鄉驚心。

一個人，總是比一群人，更適合
拜訪一個人；即使你只是他偶爾
從二樓看到的一個人。你不再想說
在眾多省份中，你和浙江緣分最深。

當所謂「畫舫」，抵達江心的沙洲
有人挺立在緊追上來的快艇上：

只要能從滔滔江水中看到一條游魚
主人也許就不會後悔早年到過日本。

從革命後退的目光到南洋啟蒙
他已厭倦了無望的地圖的拓撲。
當我們遊玩，困倦，匆匆宣佈：
一個人生前認識的草木，死後

都可以帶走；即使骨殖難以找到：
依然是口音，洩露一個人的身份。
他看見的一棵枯樹，將成為沉香
當沙洲成為卵石，在手中摩挲。

南京

我低估了她的溫度，多出來的夾克
幾乎要將我悶燃，像冬日的麥秸堆
遺落在北方的農村，我的童年
現在讓我透一口氣，啜飲長江

歇一下腳，像候鳥，從天空落下
彷彿我的北方迴旋，像江中的石頭
離開漩渦後，那石頭將難以前行
猶如一個清冽的概念被反覆出售

旅程被磨損，但仍頑固地模仿眼球
攝取兩岸的風景，又在儒生的頭腦裡
恢復為山，在帝國的黃昏裡豎起屏障
當他向上游回溯一首詩，陷入昏睡

那貢院幽深泛藍，藏著無限河山淚
每個人只能分到一個逼仄的房間

像號子，蠅頭小楷蘊含的良心或罪愆
命運並不吝嗇，可為何縮小為小小的命運？

要跨越那障礙，何其難，又何其易！
夫子佇立秦淮河上喟歎，「不舍晝夜……」
夫子和香君比鄰而居，讓書生體會
一張紙等待書寫的心情，尤其以血書寫

我低估了她的濕潤。那泥土彷彿
由胭脂做成，仍燃燒著宗教的香
葉赫那拉氏來到這裡，也會變回少女
想念那被權力吸食的豐肌秀骨，青春……

只對老年，她才是危險的，沒落貴婦人
現在她的健康猶如彩虹映現晴空的拱門
穿著棉拖來到地鐵。又化身為調皮少女
在徐州車站下車時將閉眼瞌睡的我偷窺

在玄武湖，我始終注意著頭頂的月亮
彷彿南京人都生活在月窗之中，雖然殘缺
但無損於美，也無損於可原諒的功利心
當一個小市民嘟嚷著，他的憤怒毫無用處

傍晚，散步成了潮流，洶湧的腳步
困擾著魚，連吳剛也成了薛西弗斯
尼姑淹沒於樹葉，和情人的喁喁私語
但她的貞潔不是外表，而是內裡，是信仰

讓我從黑暗看到了前朝的天空，前朝的
前朝的天空，不是循環，而是重疊
我如此有幸來到了南京，你的故都，彷彿我
同時擁有了古代和現代，南方和北方，暫時和永恆。

佛光山

飯堂裡，一片熙熙攘攘的景象
蒼蠅在我們的頭頂飛舞，唱誦
對著我們的耳朵，無休無止
彷彿要將我們感化，像眾僧

除此之外，一切都很正常
我不斷受到一位居士的點撥
也許，那裡並無幾隻蒼蠅
在回憶中，它們逐漸增多

它們在法喜中搓手，顫慄
一旦有人打擾就飛向半空
回望人間佛教那仁慈的米湯
幾根菜葉略等於經文的滋味

在這裡它們不會遭受暴力
而是成為一個象徵，呈現

生命的充沛、溫暖和圓滿
達到至福，一種古老的陶醉

彷彿北國的蒼蠅都湧了過來
在這裡復活，投入了生活
有的蒼蠅甚至在靜坐、辟穀
不僅僅為一個偈子而憋紅臉

陽光照射進來，佛菩薩在微笑
我看到你的臉，和一碗明亮的湯
我仍堅持著人的立場，聽任自己
在一隻蒼蠅的背上休憩於光亮

在袁崇煥故居

這荒唐的一幕：長城建在了他的家鄉
南國的墓園，不停打斷天國的安寧
彷彿他接著還要出征，像遊戲中的人
滿血復活：即使死後，他也無處安眠

他怎能安睡在那些吃他的人的身上？
他們嘴巴大張饕餮著，像塞外的流沙
被凌遲時，他可發出東方的基督的呼喊？
彷彿連上帝也背叛了他，中國人的上帝。

他可馴服了那條惡毒龍，如一匹戰馬？
臨死時，他的眼可還渴念看到黃河？
向北，看見敵人，還是向南回到故鄉？
臨死他還在猶豫，在黃河中流擊楫

彷彿他一個人乘坐小船在黃河中間漂流
索性丟下了槳，卻沒有進入隱藏的小島

突破歷史，他的血肉之軀點燃的星空
夢中閃爍的萬里長城，也會再度朽壞

可他還是那樣相信神，即使它變得
如此晦澀，可在祭祀時又明朗起來
氣息在瓜果犧牲流轉，那是人的呼吸
人之精靈為神，如此天地之間才不寂寞

但如何忘我，仍然是煉就英雄的丹爐
士人，一個接一個，精通死亡的藝術
讓我們猜度著，這一場悲劇，有多少是
出於他的自願，熱血向喉嚨上湧的渴念？

彷彿那麼多將士簇擁著他登上歷史的墓碑
而後又狡猾地滑落，留他看守人性的暮色
那最後一代守墓人也離開了，開始生活
而生活就是繁殖，就是從草芥望向天際

而此地甚好，他難道不想成為當代人？
他也許可看看離家不遠的慧能，領悟菜與肉？
遠遠望見玲瓏塔，你說：「下次吧，留下遺憾。」
是的，只有塔，才能讓我們在大地上停止奔波

定住動盪不安的心，和東江的波濤。
何況颱風將要登陸。你等待日常生活的天使
而你的女兒，正在將你餵養為一名父親
她童稚時期的臉，正慢慢熄滅你的憤怒。

世界的消息

白馬寺

我們來到，已近黃昏。
圍欄內遊人稀少。
出來時，一張門票照耀黑暗。

我們站在廣場邊的水池旁，
用白馬的眼睛
觀看一隻烏龜追逐一條金魚，
伸出嘴，將金魚扯拽到深水裡
他一定是巧妙利用了重力
在淤泥中偷吃生靈，偶爾
冒出一束寂靜的水泡。
趁夜色灑向水面。
（我們以為它們不會再出現，如果
出現，也只有一隻更大的烏龜。）
然而，金魚躞蹀著浮出了水面
喘息著，飄浮著明顯的不對稱，
緊接著是牢牢盯住它的烏龜。

如此反覆再三，直到
我們看煩了走掉。
我們中有人驚叫：「金魚的肺
不好！」它的呼吸有問題。也有可能
它全身是肺。它們就這樣
在夏夜清涼的荷花旁艱難相繼泅渡而過。

閉合的廟門前，廣場上那白馬的雕像低頭
吃草。
默默咀嚼（白馬的眼睛看見）
還需要再飲一些水才能出發。

圓明園

那是在園中遊人不多的時候，
蜘蛛也大膽地放下了一條絲線，
又秘密地隱藏在天堂的垂柳，
彷彿要對塵世作出一種挽救。

此時一定可以聽到神秘的聲音，
我不知道是什麼。然而你卻聽到了
魚的聲音。有人過早地聽到了蟬鳴，
有人一如既往，聽到四季的鳥鳴。

你思想著可以在這裡下起魚鉤
和你的一位朋友，並引起他的豔羨；
你幻想拿著魚，而他拿著蚯蚓，
但是從水底卻冒出一種燒焦的形象。

我一定後悔引來了你們，沒想到
你們玩心如此之大，又貪得無厭。

當你們圍攏福海像圍攏冬天的火鍋，
我只好在你們後面的初春踱步。

也許我還思想著你們少了一些蔥蒜
和鹽，因而想要到山坡上去尋找。
但在椅子旁，道路上迎面跑過來
一個臉部燒傷的人，五官如焦炭……

我看見。但如何向你們訴說
這並非我的虛構？但又不忍心
打擾你們，輕閒而又清靜的樣子，
哪怕你們釣上來一條美味的僵屍魚。

民主貓

我對躺在木櫃上的貓說：「民主來了，你還在睡覺嗎？」
想要叫醒他。

沒想到那專制貓一下子從櫃檯上跳下來，在充滿了不容置
疑的氣氛的半空中扭過臉來對我威脅地說：「專制的時候
也沒有影響我睡覺，你民主也不能！」話音剛落，他就跳
進了地板上為他準備好的沒有屋頂的氈房裡。

這民主貓呼呼大睡，看也不想看我一眼。只剩下我，還在
讚美著他在空中的英姿。

世界的消息

田園已然荒蕪，不見那人的身影
狐狸和兔子微笑著從草叢探出頭來

道路已然回歸荒野，昏迷的旅人
看到了中庭的旅谷和井上的旅葵

星星已然脫序，遺失在黑夜的下水道
人們抱著孩子和被褥被迫與老鼠交戰

語言已然褪色，再也哄不住靈魂
語言已然變薄，遮掩不住哀傷的肉體

宇宙已然坍塌、收縮，像肚子
仙人已然火箭般上升，情緒昂揚

帝國已然崩潰
野蠻人已然回到他們的住處

你走來，告訴我
這一切尚未開始

冬日

風選擇了低語，然而卻不開口。
行道樹熟悉汽油和齧齒類動物。

彷彿我躲著風中的火、大地和鳥，
直到風的言語淹沒我內心的言辭。

在空曠的黃河迎賓館，我撞見新人
巨幅合影，卻沒有看到迎親車隊。

青年渴望旅行，老年痛恨旅行，
我的態度猶疑在二者之間。

歸來，在紅牆下，經過鐵門
可以窺見院子裡廢棄的鐵路。

另一段在公路另一邊浮現，
伸向遠方：太髒了，我才沒有踏上。

這一片喧囂的土地有何用？
如果不能安頓我們的靈魂。

文明比我們更有耐心，
讓我們暫時等於野蠻。

鄉村教堂

乘坐汽車時，看到鄉村教堂
猶如一種意外的福分
彷彿它蘊含了風景中全部的快樂

貪婪地，我看著一棵棵樹
急速退去，又重新浮現
彷彿樹後隱藏著一個好奇的兒童

這種快樂，和飢渴很難區分
在田野裡合成了農人的空白
我知道自己將很快回到故鄉

但看到那白色的教堂尖頂
兀自在天空中閃爍發光
讓我震動，彷彿又看到了兒時的希望

雖然只有一瞬，但經歷了四季
那在下面走動的人們
我對於他們的感情如此陌生

而他們的感情可又如此悠久
讓我難以再談衰敗，樹葉飄落
但家門口的那隻羊不停在咀嚼

雨中

在雨中看見一個房間，一個女人
漂浮在空中，推動著地球
她旋舞的裸體，帶著道德的誘惑。

在雨中感到救贖的氣味，落在我的頭髮
如一個神，讓我自由穿越暴雨和微雨中的城市
我可以默識那在雨中的山坡浮現的幸福的碑銘。

多麼令人羞愧的情熱！
天空綴滿星辰，
也不會讓我的頭頂感到壓力。

在雨中，多麼令人羨慕
就像上帝在寫作，或凡庸的異教徒
與神的婚姻，神的女兒在雨中奔跑……

詩人的墓碑

我們穿過一片莊稼地來到這裡，這裡視野異常開闊，可以看到遠方相對而望的兩座山，但讓我們默默地辨認墓碑上的字，這是墓碑之所以成為墓碑的理由，否則它就會退化為一塊石頭，就像這位晚明詩人的詩中所說，碑上已沒有了鳥爪一般的篆跡，就連遠山也知道秦已經滅亡。

遠方的山記得詩人的吟詠，往地裡送飯的村婦在路邊依依談論蠶的食量和睡眠。遠方的山記得詩人的身影，他與鄰人嬉鬧，深夜闖入鄰人的家，讓鄰人驚嚇逃跑，而他在盛怒之下看見牆上懸著的琵琶就取下來彈了數闋自己喜歡的樂曲離開。

而你向我們講起，詩人的墓碑曾在一夜之間被嫉妒的子孫用蠻力推倒，而腰斬裂為兩截，又在天明被另一撥子孫匆匆接上，豎起來，在毒日頭裡接受一位在外做了高官的子孫回鄉祭奠，詩人一生從未出仕：祖先曾經清貧，但現在子孫們又起了內訌，彷彿只有如此才是二十一世紀的家族。

給暴君的墓誌銘

他的骨灰撒入大海，進入大同的呼吸
以愛的名義，再次羞辱了仇恨他的人。

給一個詩人的墓誌銘

我望向窗外，為何你等不及黑夜中的收割者？
當他穿過田野撿拾麥穗，時間已到了冬天。
他總是遲到，為了不讓人們抱怨沒有準備好。

而寧願縱身一躍？你嚮往的晚年就此消失，
彷彿在出海口匯入大海，你可會再次
洄游到內陸產卵，增加世上智慧之鹽的濃度？

生命的，太生命的！如果不是生命，詩是什麼？
為何不能效法古人吟誦人生苦短？在華北平原，
暖氣已供的室內飛舞一隻蒼蠅，打擾貓的清眠。

一張網撒在天空，讓鳥類學會飛翔。人的語言
越流利就越危險。有一隻巨手在揉搓你的心臟，
你已無法喊疼，只看著窗外，胸中的火焰燃燒。

哲學的，太哲學的！不該自殺的人卻自殺了
該自殺的人卻沒自殺，你的自殺不能殺死他。
甚至也不能讓他羞愧。世上的好人越來越少。

中年，開始在發現自己的兒子是弱智之後。
而且還成了自己的學生。那麼，自己的老師呢？
譜系圖上的病歷，彷彿祖國和愛情都無法選擇。

接受你高貴言辭的安慰，我卻不懂得你的孤獨。
你已完成了地獄的旅行，中國仍歷歷在目；但你也
在昭示我，憑一己之力抵達天堂，無人可以嚮導。

末日

當他驚慌時，他竟然像一個普通人那樣
逃到故鄉，又從故鄉逃走。沒有意識到
當國家不在手中，他也就失去了故鄉。

他看到，人們在看他時那種兇狠的眼神
還帶著些許輕蔑。他感到在人們眼中
自己成了只會偷獵幾隻家禽的可憐的獵物。

那意味著，他再也不能影響人們的生活：
從物價到髮型，從戀愛標準到藝術趣味。
他將成為百科辭典中字數最少的灰色條目：

而以前，被視為文藝復興式的全才，
每一個條目中都有他。每個家庭都把他
供奉。因為他，母牛的下奶量大得驚人。

蜜蜂採蜜也更為勤快。麻雀則羞於露面。
學生還沒有畢業就可以編寫最好的教材。
宇宙將它保存的最後秘密顯示在科學裡。

而現在他無處躲藏,暴露在眾目睽睽之下:
他想,這樣也好:他一生還沒有和人民
如此袒裎相見。淚水順著他的臉頰滾滾滴下,

這是他表露人性的時刻。他感到人們不再
需要他,想必受到他為之構造的幸福的羈絆。
他告訴自己,與其說被背叛,不如說被遺忘;

而他不會孤立,他在心中呼喚自己的將領。
但很快他被通緝、逮捕和囚禁。組織了
一個特別法庭。他大聲抗辯的聲音震動著空氣

和被告席。他宣佈:「這是叛亂!」但明白
他終將被處死,以儘快結束內戰。他感到
一絲惘然的懼怕:難道他註定成為一個獨裁者?

這時，他也許可以理解，為何自己總也無法
渴求憐憫。他也許會後悔逃走，而沒有留下
鬥爭。死前他也許會想到沒有讀完的一本書。

他也許會感到得意，就如在賭場中獲得了
最大的點數。他的命運獲得了最大關注，
無意間，給另一時代的人們帶來人性的安慰。

在海上

海浪，從窗子打進來；打濕他的宣紙
他舔舐了一下毛筆，蘸著浪花寫作
驀地他產生幻覺，彷彿一個異國美女
大海站在他的面前，以挑釁的裸體

又鑽進了桌上的墨水瓶，無端端消失
這些新式的書寫工具，正在古國流行
可他總不習慣它們過於狡黠的簡潔
雖然他唇吻有力，筆鋒常帶感情

為了保持紙面的平靜，海面的平靜
他一隻手掣起船底求偶的雄性的鯨
憋紅了臉，專注的表情嚇壞了烏賊
利用它噴出的墨汁，恍如故國的黑

沉溺於書寫，彷彿出於大海的口授
連海妖也停止了歌唱，在暗礁望著他

於夢中抵達港口。可有一隻老狗
瞞著捕手，在陸地上最先嗅出他？

可有一位愛上望遠鏡的驚訝的幕友
佇立崖岸，搜尋到一艘將沉的巨船
船上人正在爭論，幾至動手
末了又看到一隻匆匆趕來施救的小舟

所有的星辰都黯淡了，高懸的月亮
照亮他的書桌。漂泊在茫茫大海
一個流亡者，在途中短暫地回到祖國
他要給黑暗大陸送去一部大海的憲法。

明代中葉的一個夢

天，怎樣塌下來？壓住我的身體。
四周哭聲一片，像極了一個廣場
等待救贖。這時，有人被定在原地
彷彿出於自願，另外的人向外衝撞

彷彿天塌下來還有一個闕口，
他們要登上天外天；抑或，犬不能
像磨石磨碎地，地也有一個闕口：
一片空白，要覆蓋，連天也不能。

我奮力張開臂膀，將天托了起來
這我怎麼能做到？我也不知道。
還好我沒有俯臥，那天我仰睡，
可以仔細將亂晃的星辰端詳，一一擺好。

時間足夠，我還可以夢見未來
我乘坐蒲輪趕往京城上奏，車子

卻被同門藏了起來，連陽明也來信
斥責。這不是能讓孔子漫遊的時代。

時間足夠，我夢見山水中的講堂
從一位樵夫歌唱的薪我聽見了道
而他也被我的講道吸引，進入講堂
和我一起投入庶民命運的改造。

我夢見，我成了士大夫的叛徒
寫完宋詞，他們已是貴族中的貴族。
但我怎樣和庶民站到了一起？
這仍然是一個謎。就如李贄之死，

他就是他自己送給庶民的禮物，
頭腦屬於士大夫，雙腳屬於庶民。
我夢見了遊俠：那革命者終將被汙
衊；下馬，不是書生，就是農民。

時間足夠，我還可以做一個比杞人的夢
更悠久的夢。我夢見了杞人，還是
他夢見了我？我們在做同一個夢
這一切出自典籍，卻不幸成為了現實。

我夢見了啟蒙，一個新的詞
時間足夠，讓我將亂晃的星辰仔細端詳
它們不斷搖落，砸碎在大地
和我身上，而我要將它們再一次整布在天上。

歷史

古人總是比我們早熟，由於短壽
將生命迅速擴至星球的邊緣。
我們還未成年就已衰老
甚至來不及起草一篇墓誌。

上天不會聽從我們的呼喚，
也不會把閃電放到我們手中。
多麼令人沮喪，連英雄美人
也喪失了生殖力，只能做白日夢。

我看見歷史就像一個殘疾人
模仿著自己，在地上醜陋地爬行，
並非害怕施捨，而是由於同情
我的同胞都把目光移向別處。

與天使的談話

與天使的談話

當我躺在床上看書
借著窗外滿溢的天光，
它從半空中彎下腰來看視我
已經不是頭一次。我的天使

我的幸福好奇地打量著我，
當我一片混沌，對幸福遲鈍。
它的眼睫毛因觸碰到我的書頁
而彎折，出示一種明確的溫柔。

它是守護我的永恆的幸福，
暫時隱藏在茂密的樹葉裡，
那火舌一樣蔓延的天堂的時光，
即使心有不滿，我也置身其中。

那裡的幸福像松油滴落
卻讓我上升。鳥兒飛落的幸福。

人們見過流星，卻從未
真正見過星星升起。

它自成一個國度。當它
帶著我飛越災難深重的祖國
來到每一個窗口下，
它劃出的女性圓弧如此優美。

它對我說了什麼話，什麼
秘密。遺憾我當時聽得真切，
事後卻不記得，
只好用全部語言追索。

餃子頌

我看到我的臉映在碗裡
在水盆中快速漂移。
我已看不到任何異象
只看到貧乏、光潔的自己。

在抗爭和忍耐之後,
我開始屬於中國人的幸福
平常的幸福,難得的幸福
用筷子夾起了一隻餃子——

只因為它,我願意做一個中國人,
忘掉了恥辱和失敗。
一邊詢問,一邊猜:
「這是什麼餃子餡?」

從廚房到客廳,我將一碟醋
小心翼翼地端給你。

你正端坐，還未開始品嘗。
我不能帶給你一整瓶子醋。

母親告訴我，有的孩子
只願意吃餃子餡
吐掉餃子皮。可我不——
是那挑剔的、不成器的孩子。

瓢蟲之年

我在窗臺上發現一隻瓢蟲仰臥的屍體。我用一張紙幫它翻過身來，卻無法數清死亡後背鮮豔的斑點。十一星、十二星還是十三星？我困惑不已，彷彿面對一位將軍掛滿前胸的榮譽勳章。又何須去管它是害蟲還是益蟲？一隻瓢蟲的死，讓神也沉默了。死亡的光芒瞬間照亮了這個國度，那一刻連神也忘記了拉我的耳朵，讓我看到了微信上流傳的抗議。這是瓢蟲之年，而非耶穌之年，做一個善人就和做一個惡人一樣危險。

在佛前

我坐在佛前，避開毒日，
在石窟旁邊的陰影裡休息。
一隻竹節蟲嗅到我的鼻息
在我眼裡假死，生彼世為佛。

同行中一人返回入口
尋找導遊解說。佛像沉默。
我伸出手想要觸摸，聽到
了悟的鐘聲，彷彿在寺廟裡

不禁焦急地回頭：河面上並無
船的影子；橫越河流，
但火車在遠方緩慢通過。
讓人以為普渡眾生並沒有那麼難。

導遊來了，讓人沉浸於故事。
三世佛的臉逐漸模糊，由於

朝廷更迭而停歇，讓工匠惋惜。
構樹下的石頭，長出了牡丹花。

而那尊長耳的佛，面容愈加清晰
接近一個必然掌握權力的女人。
當她失勢，它還在接受景仰
一個女佛，老聃也許夢到過。

隔河的黃昏，我們乘遊覽車離開，
大佛在對面離我們更近。
在此世我將離佛更近。「再見，大佛。」
明晨的第一道光將照在你身上。

講經

講臺上的他沒有口吐蓮花，也許因為在說一門外語；
他竟然顯得有一點口吃，本土的信眾絕不會相信。
這是另一個他：佛，也可以是一個相撲手似的正方形。

他否定自己為活佛轉世，僅因為今日之我不知道
明日之我。他的頹廢，讓他禪定於昨日的波音777
三角形中。他聲明廢鐵飛行的可能性：觀想無二。

他的手圍繞著頭部，撫摸、抓撓，彷彿那是一件樂器
忍不住菩提樹的瘙癢。他停頓的時間太長，以至於
不少物種滅絕：佛，只是一個永遠無法企及的遠景；

就像走神的導演，播出沉悶的影像，而很少發出聲音。
他投射出佛，已失去本意：一件東西不是自己，它
總是另一件東西。講經聲始終伴隨著一個嬰兒的哭泣，

由一個家庭婦女或保姆帶來。你突然提到尼采：佛

超善惡，又非超善惡。莫非你在教導我，能殺則能生？
地獄上有天堂，天堂上有涅槃，可惜我永生難以到達。

佛不是求靜止，也非痛苦的運動。地球轉得越來越快，
幾乎失控，墜入毀滅；我期望我的鞋子和我會讓它
轉得慢一點，再慢一點，依賴我瘋狂而準確的摩擦力。

隧道中的佛

為了你的故事，火車應該
學會其他的致敬方式，
然後繼續行駛。雖然鳴笛
並不能擾亂星空，正如很多事情。

有人下車，在路邊臨摹心經
荒草即將淹沒，碑石前不吃不睡。
很久以來，我堅信自己
不念誦，也能獲得心靈的平靜。

汽車顛簸中，閉著眼，在一張
表情多變的臉上我看到了莊嚴：
我驚詫，那就是佛，但又認
出那親和，只能是我自己的臉。

我暫時不能得道，也應感到歡喜。
佛在大山中站起了身子，掙扎著，

就像盤古。大山醞釀著山泉，
地球才沒有凸起為一座地獄。

在每個山洞口都有一個佛
被火車頭推向另一個山洞口。
但是，不嗔怒，也不歡喜，
就如你無法指責一個過度繁殖的國度。

佛在大山中，而不是刻在表面
這樣它就會躲過掠平信仰的炸藥。
不要相信那些將世界當成比喻
和一場夢囈的人，遠離他們。

偶遇

沒想到在這裡，遇見了鼻樑上的眼鏡沒有鏡片的先生。
我本來想仔細看一下這兩個鏡片，從齜亂的小紅人
手中將它們奪回。先生一動也不想動，渾身打著石膏。

然而拔河的小紅人力大無比。還好看見了先生的眼睛
古書裡蠹蟲的雲翳消失，北京的天空也突然晴朗起來。
雕刻家一定有理這樣做：有了眼睛，還要眼鏡做什麼？

我以前近視也不戴眼鏡，把自己偽裝成一個強壯的人。
有人戴上了眼鏡，就會失寵於認不出來的遠方的權力，
社區裡，一個老人對另一個老人說：「你還記得我嗎？」

讀到先生之書，我還是鄉野的兒童，獨處一室之中，
懸想二千年前，羅馬大將凱薩未到時，此間有何景物？
然而，不是暴君，而是一位聖人激動著兒童的心。

恍惚中，我看到你左手取下眼鏡，用右手捏起襯衣
一角擦拭鏡片，就像樸素的微笑的教授。雕像中的你
又恢復了草莽之美。作為贈禮，館方收到過不少雕像。

無處擺放。有的就遺棄在閱覽室外，忘了自己的名字。
而你卻站在淹博的東方，接受讀者瞻禮，並提醒他們：
中國人肚子裡都有一個達爾文，中國人肚子裡的達爾文

肚子裡又有一個赫胥黎伸出舌頭和中國人講道理；但，
斯賓塞不。外國人不和中國人講道理，中國人只好
和中國人講道理：但這是達爾文？赫胥黎？斯賓塞？

郭嵩燾看重你，曾紀澤看清你，李鴻章感歎為你，
你才變成了翻譯的中國人，信達雅的中國人；
而中國人的恐慌讓你吸食鴉片，卻沒有變成德昆西。

說你不認識自由，而誤譯成了群己權界，是不懂探幽。
你的背連著一面屏風，彷彿你背著寫滿甲骨文的龜殼
正浮向未來，你的雙眼浮游的未來，口中念念有詞

和平時期也有閃閃發光的戈戟刺痛了星空，組成戥子，
但不是為了稱量金銀，而是為了稱量我們的語言
你去世那年誕生了一個政黨，掌握你的未來，我們的過去。

教室裡的蛐蛐

我在講臺下發現一隻蛐蛐
感到榮幸，它也來聽我講課
和其他學生一樣保持安靜

這安靜，卻並非沉默
我注視著我的學生，多麼想讓他們
開口說話，通常我由於失望才開口

難道他們得到了一種奇異的滿足？
當生活和宇宙只有一間教室這麼大
講臺上站著的並非神鬼，而只是一個人

這安靜，卻並非沉默
但它難道不應該一躍而到室外的草地？
在夜晚，我多麼想聽它的吟唱

但講桌並非供詩人睡眠，雖然
我的講桌上有一隻貓蹲著並非不合宜
它可別去逗弄那隻蛐蛐，即使能發現另一隻

但講桌並非一張床，讓我在上面睡大覺
雖然我力求降低謊言
而想要他們注意窗外的真實：不僅僅是窗外——

而且還在窗內，哪怕就在這隻
蔥綠色的蛐蛐兒身上
你們要小心別把它踩死

我走出那間位於郊區的教室
感到道路在眼前延伸
但我卻被阻隔在一個長滿雜草的土堆前

猶如那隻想要爬上講臺的蛐蛐
就在教室裡無聲地轉來轉去
在大學生的腳步間閃躲，在生活和宇宙的邊緣。

自《聖經》的一頁

我醒來，倚在床被上，
右手被一本書壓得麻木，
它為何沒有滑到床下？
風好奇地進來，自窗戶

又悄悄踅到另一個房間，
去翻閱那些受到冷遇的書。
而後一轉身來到陽臺
在那裡停留，大方張望。

我的靈魂沒有在白日
和太陽嬉戲，撇棄了雲海
抑或上升到群星之間
徒勞尋找黑暗的故國。

一位女子在遠方想念我。她
本想要從我身上取走一樣東西

但看到我在睡覺，索性作罷。
現在她正因她的正直懊悔不已。

我是否夢到了天國的容顏？
當我返回，手裡沒有玫瑰，
而只有一本書作為物證。
孩子們在樓下對一隻皮球叫嚷。

我沒有遭遇刀兵水火
瘟疫竊賊，應該感謝
當我睡著時，神也在這裡
像風一樣走動，看護著我。

書房軼事

母親閑來無事，檢視我的書架
將聖經和幾本佛經分層擺放
聲稱它們是如此不同。其實
經書雜亂的那一層空餘寬敞

母親輕易說服了我
我的思想應該更有條理
不應該輕信它們絕對居中，雖然
它們就像我的左心室和右心室

母親將它們分開放置
就為我減輕了壓力
彷彿她重新佈置了星空
以加強一種福佑

即使耶穌和佛陀
像一對兄弟那樣親密

坐下來攀談
他們也會起爭執

「親愛的耶穌‧基督，生活在
這個國家的人不值得你這樣付出⋯⋯」
「親愛的喬達摩‧悉達多，為何
你放棄了王宮，卻沒有放棄人民?!」

世紀

謁比干廟

仁人不可作，牧野尚遺祠。

——刑雲路

當我們穿越霧霾在大地上疾馳
比干也正在馬上狂奔，身體微汗
疲憊地搖晃，和我們朝向
同一個地點：新地，或心地

他想要變得輕鬆，輕鬆，輕鬆……
那神駒猶如閃電，他無比輕鬆
直到遇見一位老婦叫賣空心菜
才停下，輕鬆而疲憊，長舒一口氣

他忘了一嚐自己那心的滋味！
從容剜心後，他為何自己
不先咬上一口七竅玲瓏，而是
將它攌在地上，像宰殺一個仇敵

後悔給妲己做了美味。但問題是
越殘酷，就越美妙。「我的血噴向
未來：一種慘烈的時間已經開始
我的剜心，難道不勝過她的炮烙？」

皇帝們為何不繞開我，彷彿
要進行一種教育？就連孔子經過
也憤怒地用劍刻下「殷比干莫」，
彷彿要用我餵養一個沒有心的民族。

彷彿只要一片心，就可以讓國家安定。
請，完成這心之辯證，但不要剖心！為何
豎立在黃昏，那些碑，律詩的大理石鏡子
不管誰寫下，一千年來都迴響著杜甫？

澳門十四行

向幽靈，投一枚硬幣問路，它
又總是落在角落裡：於是，你看到海
想起了歌聲，就會允許自己的思想
有一會兒變得不那麼純潔，如城市。

天堂並不只是屬於富人，糕點銷售員
張開嘴，叫賣聲已被送到了博物館。
你在炮臺的望遠鏡裡急切地搜尋，被
對面樓房的褻衣擋住目光，看不到船艦。

你買了一部梁啟超，而沒有買薩拉馬戈。
葡語也是中文。也許，你沒有在媽祖廟
向海洋朝拜，才又回到了大陸的中心。

你舉起手機自拍，在大三巴腳下漸漸
遺忘一座教堂的模樣，但感覺
有聖賢突然在空中彎腰，摸你的頭。

珠海十四行

在廣州，司機猛地甩下後備箱，彷彿要
把他的不滿都關進一個盒子
震懾拼車者的脖頸，和頭腦。提醒
北方人，現在要聽從土著的引領。

下車，在南屏還是拱北？都無所謂；
彷彿你要去的中間區域是一個烏托邦。
夜空明亮，像一個侏儒，星星本應藏匿
將空缺讓給大大咧咧的飛機，才會被人類念想。

一條魚，一盤油麥菜，一瓶啤酒，我邀請
大地、天空和海洋，它們不屑但容忍我。
它們出於禮貌赴約，那麼要離開嗎？

一個官員盤算著南下，去澳門豪賭一把
一個學者坐客輪，想要逃到香港，
將三個城市連接成圓，並進一步拋棄深圳。

天津十四行

你的世紀鐘停了。下一個時刻
又開始加速走動，彷彿是一種報復
對於爆炸中滯後的時間，和平年代
日常生活的蘑菇雲，帶來視覺污染。

卻仍不為創傷而存在。你的世紀鐘
以一個否定的姿勢伸向天空，不再辯駁。
一次，在一個黑夜，我發現它是中國
最美的火車站風景，但卻只能讓我遠離。

萬科業主們想打官司，卻找不到律師。
記者們從北京跑到天津發問，而官員如秒針
從天津跑到北京彙報，記者們再也無法追上。

棚戶區的農民工被送上回老家的汽車
帶著受傷的微笑。終老於斯，何如
終老鄉里？但那不幸，也許是另一種幸運。

鄭州十四行

狸力在雲中出沒，俯視著煙塵的來路，
無法認同自己的化身，廢墟、天堂和家，
除非它能心生憐憫，對街上的一個行人。
這人只顧抱怨他被一個女巫變成了豬。

正對著高窗的樓房，彷彿一個墓碑
等著土地爺將煙頭扔在開發的墳場裡：
經過馬寅初，馬克思變成了馬爾薩斯，
多餘人口來自偉人的大腦，冷戰的炮灰。

一張卡夫卡式的地毯鋪在洗浴中心。
命運垂憐一個詩人，讓他買彩票得獎？
不管怎樣建築都無法拒絕一位新僭主。

至少在河岸以南如此，文明仍在滴血。
政府和別墅向著白鷺銜起的沼澤突擊，
而小賣鋪裡，即使無人時也播放電視劇。

暴君頌

暴君熱愛親吻暴君，將對方攬在手心，
口裡喊著：「同志！」妄圖以此摟抱住地球。

引力一般，使地球不向外太空溢出海水
溢出人類的愛：「宇航員，自我放逐！」

暴君手執天平，熱衷於稱量人們的靈魂
照看著量度：「你太輕了！」幾乎是一個無。

你寧願輕，滿足於輕，於是只能奔赴遠方，
那裡，漫過田野的風帶走了暴君的鼾聲。

暴君在宴會上激勵眾人，考驗著酒量和耐性
從深夜到黎明，「跳起來！」直至心力衰竭。

暴君運送我們，嫻熟地划船。暴君守在冥河，
像安檢員一般注視著靈魂的行列。「哦，靈魂！」

一個暴君拉起另一個暴君的手，可以
圍繞地球一周：一個暴君的手無限長

將你從反光的月球拉過來。你回望月亮
然而，那裡：暴君也在月桂樹蔭影裡親吻。

土城
——對亭子的渴望

你竟在談話時睡著了。為了不打擾你
我們決定下樓，到公園裡繼續談話。
沒想到，雨下大了。我撐起傘，
太小，撐不住我們兩個的談話，怎麼辦？

我們兩個人在一把傘裡談話，身子
一部分露在外面，難免被雨淋濕，
像兩個詩人攜手從李唐穿越而來，
站著太累，讓人看見了也會笑話。

就這樣在一把傘下邊走邊說。
回去嗎？你還在睡覺。何時睡醒？
我們從山坡下來，又上了石橋
四處尋找可以停下來談話的地方。

為什麼沒有一個亭子可以容納我們？
站在裡面，讓我們繼續我們的談話？
停止談話，從亭子眺望落雨的河水？
甚至拍一拍欄杆？憮然？默然？慨然？

沒有亭子，是不是也就沒有了公園？
沒有了風景？鴨子？河水？桃樹？梨樹？
樓房？地鐵？石橋？男女？吟哦？風雨？
沒有了杜麗娘，只剩下梅蘭芳的老年？

沒有亭子，是不是也就沒有了沉醉？
沒有了佈景？遊人和市民彼此勾兌？
沒有抒情的地方，也就沒有了士大夫？
這樣沒有亭子，也就永遠沒有了民主？

沒有亭子，是不是也就沒有了談話？
我們站在公園管理處的屋簷下避雨，
清潔工也躲在另一邊屋簷下，那四合院
宏大而幽暗，為什麼它不想建一個亭子？

也許，這元大都遺址一棵發亮的栗樹
就是它發覆的亭子。我想起

六年前，沙塵暴淹沒了我的內褲
掛在窗外，猶如霧霾中隱現的亭子。

沒有亭子，是不是也就沒有了春天？
沒有亭子，是不是也就沒有了冬天？
沒有亭子，是不是也就沒有了秋天？
沒有亭子，是不是也就沒有了夏天？

在鄭州，堵車時的詩

時間停了下來，然而，卻沒有
停留在愛裡。這也是時間的遺憾。
世界也停留在附近的一所小學，
兒童在溫習憤怒。這是世界的遺憾。

路邊，算命先生在為一個女孩背書，
趁著他未被驅趕，而歷史重現之前。
三輪車小販，等待售賣火龍果，
在塵土飛揚中維護著人民幣的信譽。

一個面無表情的人淹沒在人群，
猶如一個國家乾巴巴的形象。
我竭力避免成為他們中的一員，
不將我的臉與他們的臉混淆。

正如落下的樹葉不見了，又會重新
長到樹上：卻不是經由快速倒帶。

我感受著他們感受的，還替他們
感受著他們感受不到的：傷害，也是熱愛；

正如呼吸本身。我在車上。車在
地球上。地球在宇宙中。宇宙
在我心中。不用練習天眼通，
白天太陽在我頭上，晚上太陽在我腳下。

急性人下車，坐摩的從小路消失。
耐心人則依賴一曲魔笛。把感傷留給
失去時間感的人。即使你一次次
回頭，這座城市也不會在淚水中焚毀。

臺灣狂想

這裡的貓，比北方的同類更高傲，拒絕外人，
只抱幾下就會掉毛，在眉毛上方，生氣的部位。

成群機車在街道飛馳，彷彿那是人民隱形的權力。
年輕人為躲避兵役患上憂鬱症，睡著了寫劇本。

丈夫，戒嚴的朋友；女兒，解嚴的禮物。妻子
退休後，偶爾讀詩，判定一個詩人的雙性戀身份。

叔叔一旦恢復意識就拔管，反抗著免費活的醫院
天主教的永生，文明的不朽。此外，一切都很有禮貌。

我被勸說割除一個粉瘤。不打麻藥，嚇暈了華佗：
也許，我真該堅持，用無謂犧牲者的英勇，和痛苦。

我剛學會的養生辦法全部失效，比如當怒則怒：
有德的人也不必忌諱小怒，免於延遲造成的鬱積……

哦，民主！如此虛幻不實，我彷彿飄浮在街道上，
而回到北京，來自烏克蘭的消息又使我猛醒，昂奮良久。

臺北十四行

在開封街，我猶豫了一下，停留在照片。
但我還應該有更多的猶豫，一路經過
漢口街、重慶南路、武昌街、懷甯路、
襄陽路；終於，在二二八公園遇見夜鷺。

這是二月。但當七月，我確信自己
在重慶南路被臺北植物園的蚊子吸過血。
我應該有更多的確信：當你為繁華哭泣
從漢口街一部痛苦的波蘭電影裡走出。

這一系列地名，彷彿在向我說：這裡
有多少老人的悲哀，就有多少兒童的歡樂；
這是迷你的中國，但卻是未來的中國。

如果一個省就是一個國家，奇怪的是，
人們不僅沒有覺得逼仄，反而更加開闊。
彷彿真有一個國家，是為了一個人的自由……

廢棄強人雕像廣場

他曾引起過兒童的恐懼。世紀的中葉
支離破碎，只有靠創世紀的血液才能黏合。

各地的雕像被送來休息，逃脫被辱罵、
洩憤或尿浸（在腳下或頭上小便）的命運。

有一個雕像被毀壞、肢解、丟棄，拼接
復原後，還少一塊，不知他是否感覺舒服？

每一個歷史中的人物都值得這樣對待，
有益，正如人體解剖室裡孜孜不倦的研究。

它們大小不等，姿態各異：閱讀、騎馬、
揮帽致意、端坐、站立、微笑、鬼鬼祟祟……

但頭部都不想退出生活，雖然只得到一枚硬幣；
但頭下部都想要生活，吞嚥岩石和青銅的口水。

失敗的獨裁者的榮耀：沒有另一個人可以
晤談、矚目和指使，它們面對著自身的孤獨。

它們妄想佔據一個無意闖入者的天空，
當他在小徑躑躅，感到既親切又恐怖。

一個強人，變成了無數平常人，回到
母親的懷抱。暴君也有母親。他死後，

也有陵寢，專橫地模仿故鄉建造。他的兒子
熱衷於改地名：被口頭推翻，留在地圖上。

「只有被流放到海島，才有可能成為拿破崙。」
那從大陸過來的人克制著，以免流於諷刺。

也許終於要接受在地人的眼光：一對Q版父子在門口
喊yeah……奇怪，強人廢棄雕像廣場成為了民主廣場。

世紀

你離岸時的浪花打濕了我的夢
等我到窗口眺望你已不見蹤影
我被迫變成了你，一個女人
一個柔弱的名詞，卻不勝其重

而你頂替我的男身，如此輕盈
不再害怕孤獨，向著下游疾行
連長江中的鯢魚也向你噓寒問暖
你心中高興，笑聲向上直達天庭

彷彿你的身影進入了兩岸的崢嶸
你驕傲於一個男子驕傲的心情
就好像不成為男人，就不會成為人
驕傲於你將進入二十世紀的鬥爭

留下我，你掙脫自己性別的犧牲
為了你，你指望我將什麼見證？

猶如你掛在窗口的沉默的風鈴
一旦奏響，必定意味著一次犧牲

和你重疊身影，他嚮往你的圓鏡
將你倆攝入，吐出蠶絲，給虛空
我一旦成為我，我有多麼寂寞
就有多麼煩惱。那青山從不走動

而現在，你正驕傲於一個男人的目光
成為你的目光，溫柔地將世界打量
你終於等到機會，進入二十世紀
也就進入了革命，進入了思想

你成為了我，可對於我身上的性
仍有一絲羞澀，琢磨世界的色相
像吮舐酸梅，當你還是女子時所為
你進入世界，留下色相，給民眾……

你穿上我的男身，打點我的行裝
彷彿這是女性的復仇，天衣無縫
你要嘗一嘗做男人的滋味，有何不可
但我害怕你用盡我的男身，我的神經

再也不會歸還。誰知道，是男性
還是女性，構成了循環無盡的犧牲？
當我用你的女身登樓，眺望下一個來人
如吸血鬼，也熱愛吟唱那一節牡丹亭

長詩

對一個自由主義者的哀悼
——紀念江緒林（1975-2016）

大海啊，母親，你是否同意我返回你的波浪
當我的身體還是遠古的魚，未受污染
不要一遍遍地將我拍打在岩石，請帶走我
當你退潮，由於今晚的月亮，月光如此清白
彷彿我在波浪裡還能開口吟唱一句濟慈。
錯過了午餐，遊蕩在這裡，香港的一角
面對大海，我休息，並恢復精力
彷彿一場夢幻，我睡著了，而又醒來
準備去死。但遲遲未能躍下山崖。
這樣的死不難，但太美麗，太虛幻，
徒然添了麻煩，給雜役，給教堂，給香港。
太陽像一隻鷹靜止在頭頂，讓我感到暈眩
踟躕在山路，也許我該帶上食物
甚至飽餐一頓。哦，美好的午餐
也許只有它才配得上我這樣對死亡的沉思。

大海，小島，太陽，以及其它事物構成的美
統一了我和死亡，一截醜陋的思想
彷彿通向這裡的山路，只留下魔鬼窺伺的笑聲。
如果我沒有執拗地鑽進樹叢的幽暗，這一切
就無從發現？長洲島南端，這一角香港
幾乎不是香港：只有置身於美，才能沉思死亡。
桃花源，漁人豁然開朗，讓我苦苦思索
我是否美妙，是否從內心感到對不起風景？
在地獄的溪流裡，我的身體被樹根纏繞，盤旋不去。

大海可會沖刷盡這一片地獄中的污穢？
永恆的正午，寂靜而又絕對，充塞我的耳朵
我恍惚聽到北方的蟬鳴，伴隨著神父的頌禱
足以將我拯救。我離這祝福越來越遠，很遺憾，
它們的榮耀也只有七天，就像神；之前之後
全是黑暗。而現在，大海，小島，太陽一片光明
籠罩我，溫暖我的思想。多麼奇異
島上的樹葉，沒有聲音，沒有一絲陰影
太陽本身也沒有陰影，除非還有另一個太陽
光亮隱沒在海水裡（但仍然沒有陰影）
這裡，一切透明，我全身透明，站在陽光裡
就像斯賓諾莎的透鏡讓人感到悲哀，無處容身

發現自己的腳下沒有陰影，難道不可怕？
這完全的光明，不也是完全的黑暗？
那麼我只有逃跑，遠離太陽，遠離我自己。
太陽就是我的靈明，但它太近，幾乎要燒掉一切
它隱沒在海水裡，彷彿只有在那裡才能
讓火山冷卻，諦視著我，向我提示懸崖的危險。
我想起童年，用凸透鏡照射硫磺，等待
它冒煙，燃燒，暫時忘記了太陽的力量。

我就像第一隻爬上海岸的海洋動物困惑不已
對進化的前景。又為何要進化？我彷彿看見
一個猿人，在大陸慢慢行走，向著南方
一邊行走，一邊抬頭看爆發耀斑的太陽，
我感到他逐漸疲憊不堪，卻無法告訴他走錯了方向，
我感到他口中的渴意在加深（但他，也不是
綠色的盤古）想要替他一口飲下這全部的海水。

我宛如中了魔咒，無法走出這個海島
太陽像一隻禿鷲靜止在我的頭頂，
何時開始盤旋？為了意念中的事物。
一種人聲從遠方的海洋飄到我的心底：
「可憐的人，為何你如此憂鬱？

來，來我這裡，有儒艮為你解悶。
我的歌聲在遠方，最優秀的人也會迷失，
奧德修斯不會勝利，太陽會烤化蜂蠟。」
「你只是一個迷信，將水手引向女人；
我沒有女人，因而你也無法引誘我。」

Eli，Eli，Lema Sabachthani
神父啊，我為何遠離了你？那年，我十九歲
剛從湖北鄉下來到北京，第一次從你口中
聽到「Je pense, donc je suis」而感到驚異。
在一個冬日，我獨自站在宣武門教堂內
你給我披上白色的禮服，塗膏油
在我額頭和耳旁，為我施了堅振禮。
我的目光終於從基督的身上移開，
再看聖母，她看我的眼光已不同從前。
我進步這麼快，是否因為我是一個孤兒？
而由於同樣的原因，那信仰之火也不能持久？
在你眼中，我可還是一個長不大的老小孩
一個浪蕩子，可一直微笑的你對我如此寬容
甚至當我一不小心進入了基督新教的家庭
我感到溫暖，雖然不滿足，他們足以做我的祖父母
你寬慰我說：「基督新教與天主教本來是一家。」

於是我的生命蒙受了兩次祝福，兩次受洗
都合法，我的改宗沒有讓任何一方不快。
在西方，這是多麼不尋常的一件事情。
也許正因為我是如此容易獲得原諒，
我的信仰並不堅定，我也並不能真的得救。
我不滿足，返回找你，可你已脫離
政府支持的教會，去了河北的民間教會。
但我覺得並未失去你，你一直在我身邊
只不過這一次你變成了基督教的神父
你還是那樣微笑對我，希望我開始新的生命
在什剎海的兒童游泳池為我施洗……

之後，我又目睹你為眾人施洗
從1997年到2002年，至少有2400人之多
97年在北海，98年在朝陽國棉三廠的游泳池
之後幾年在郊區門頭溝一個叫做野山坡的河邊
總之，要有水。幾百人在河邊排成長長的隊伍，
從上午十點到一點多才結束，那時
隊伍中有誰會抬頭看耀斑噴發的太陽？

而你卻始終微笑，甚至對迫害者也並不怨懟
從1958年到1979年，你坐牢21年零8個月

之後你的家成了北京第一個家庭教會
你篤信：「上帝的歸上帝，凱撒的歸凱撒」。
你顯然很早就認識魔鬼，在1958年
他們一定將魔鬼和你關在了一起，你起床
魔鬼也起床，你吃飯，魔鬼也吃飯
你就寢，魔鬼也就寢。當你讀書，魔鬼
就坐在桌子對面：他是否會向你做鬼臉？
當你祈禱，魔鬼可會忍不住發笑？
當你思考，魔鬼可會皺起眉頭假裝思考？
你對魔鬼如此熟稔，不啻於一位好友
你是否也會向魔鬼微笑，軟化他的意志？
可是我人年輕，也缺乏經驗與魔鬼周旋
被魔鬼追趕，可回頭，長洲島空無一人。

Bedenkt: der Teufel der ist alt,
So werdet alt, ihn zu verstehen!
讓魔鬼回魔鬼的家，你回你的家
從此魔鬼也只能在你的家門口徘徊

魔鬼已混入街頭的人群，猶如一位縣城少年失學後
如果不是很早當了一名服務員，就是當了小混混

我對凸透鏡著了迷。物理老師將凸透鏡
放在我手中，彷彿為了考驗我的耐心
彷彿他給我的是智慧（縣城什麼都缺）
從此，陰雨天讓我發愁。我照射事物
高舉著凸透鏡，如木偶，我的手臂
不知疲倦，直到火柴燃燒，蒼蠅飛走
有一次它甚至幫我注意到了縣城教堂的十字架
我看到魔鬼在空中追趕神父，眼看就要追上
突然放開神父，扭頭奔向我來，我嚇了一跳
神父，你可來此傳教，注意到街頭的這個小孩？

魔鬼已混入街頭的人群，我站在十字路口
人群匆匆而過，可有誰想要做浮士德？
廣場上，鴿子啄食魔鬼撒下的穀粒，發出咕咕聲
如此溫柔的鴿子，猶如颱風過境時颱風眼的平靜
讓我感到後悔，為在這個城市浪費的時光
我沒有入迷地讀《愛經》，維吉爾和印度
（不是那個印度仔）而仍然被魔鬼追趕。
我快沒有了時間，沒有時間結婚生子
更遑論求愛！香港，你也變得晦澀難解
唯一的好消息來自沙田車公廟，鄉議局
為你求得的上籤。籤文曰：「丹鳳飛舞去朝陽，

大展翔毛彩色香。來儀偏向仁者宅，
修福自然啟禎祥。」解曰：「凡事大吉。」
為最近的騷亂畫上句號。本來宏大的主題
業已消失，讓我們沉浸在警民衝突
細節的悲痛裡，還有什麼可說？
我們變得越來越近視，
趴在打開的書頁裡
猶如一隻蒼蠅。

在香港，在帝國邊緣，我做了五年的旁觀者
另一個帝國爬過，將語言的口涎塗抹在風景
我不斷返回，深入帝國內部隱形的戰爭
我害怕回到上海，但更害怕回到北京
我應該回到故鄉，雖然故鄉也無法安慰我
在自己的祖國，為何我感到我是一個異鄉人？
在自己的祖國，為何我感到我是一個二等公民？

多少人想要成為蘇格拉底，留下遺言
通過演講、電視認罪和激烈的法庭陳詞。
──將全國人民當成了柏拉圖？
由此，我們又產生了多少蘇格拉底。

我親愛的朋友，請你提防你學生的父親。
他會控告你毒害青年
而你的學生，會陷入反抗他的父親的困境。

你，熱衷於對弱者進行法律援助，卻無人援助你。

正義感讓我不勝重負，讓我衰落，最終死亡。

我親愛的朋友，你可想到蘇格拉底的溫柔？

你告訴我，沒有行動，就只能聽任迫害妄想症在人民中間流行。

但是要練就行動的本領，我們不是要第二次革命。

也許，這只是我們幼稚的原因
我們的現實主義，既不及一個官員，也不及一個商人
所以我們成了無人在意的學者

我親愛的律師朋友，雖然你還在為商人奔走，
你抗議官員被雙規違法，
我不知道是祖國還是我更需要你的辯護？

Jude the obscure

進了大學又如何？

我不過是要點亮十一支蠟燭

我要點亮第一支蠟燭，

我要點亮第二支蠟燭，

我要點亮第三支蠟燭，

我要點亮第四支蠟燭，

我要點亮第五支蠟燭，

我要點亮第六支蠟燭，

我要點亮第七支蠟燭，

我要點亮第八支蠟燭，

我要點亮第九支蠟燭，

我要點亮第十支蠟燭，

我要點亮第十一支蠟燭，

實際上我根本沒有點亮一支蠟燭

另一個版本，我點亮了第一支蠟燭

接著就消失了。它難道

是某位作者美好的幻想？

假如我根本未點亮，

他又如何能夠目睹？

那只是一個衝動，我們停留為一個衝動
一個美好的、難堪的、被壓抑的衝動

其實一支蠟燭已經足夠，
我願意擎著第一支蠟燭
（從池塘的這一頭走到那一頭
霧氣瀰漫，那燭火多麼容易熄滅
甚至有水滴滴下）
從祖國的東方走到祖國的西方
從祖國的北方走到祖國的南方
但怎麼能夠？
當紅色的燭光在海水裡搖曳
我的屍體的影子下沉
我願意一口飲盡全部的海水
我的嘴巴，噙著紅色的蠟燭

一代人背叛了自己
然而這有什麼稀奇？
每一代人都背叛了自己
背叛了忠誠的下一代人
我出生於1975年，然而
我多麼希望

我出生在1976年
一個神秘的年份，
到現在註定難以理解。

我的90後女友讓我提高幽默的水準
如果我變得像性愛一般幽默，她就會拯救我
再不用神父操心。我知道，幽默多麼可貴
誰又不是父母在一起幽默的後果？
如果我們幽默，是否會扼殺10後的理想主義？
我看著幽默的孩子不動聲色地用指頭摁死蟲子

我心光明，夫復何言。我之死，非僅眷戀舊也，
並將喚起新也。子靜來南康，熹請說書，
卻說得這義利分明，是說得好。說得來痛快，
至有流涕者。何不隱藏起真正的自我
成為著名教授和非著名黨員？何不成為普通人？
何不哺其糟而歠其醨？我恐懼，我要喝點白酒。

尾聲——

我害怕回到上海，回到教師招待所
我會被拎鑰匙的管理員再次驅逐

當我聽到他的鑰匙響，就一陣神經緊張
我從宜家訂的一個小衣櫃
不允許搬進宿舍
「為什麼？」
「因為規定。」

「安安靜靜地死去還是反擊還是偷生？」
也許只有反抗
我才能肯定上海的繁華？

每一個城市總有一個區，破落得像縣城

大海飄來了梅花

而香港，為何在我的相機中顯現出土著風格？
最終，它是否能夠避免回到野蠻？
就如讓我逃離上海的冬季
深深感到溫暖的曼谷的憂鬱？
就如一種獨特風味的東南亞
我們貪便宜旅遊而又不認為那是真正的外國
魔鬼已混入街頭的人群，猶如一位縣城少年失學後
如果不是很早當了一名服務員，就是當了小混混

忽然，遠方傳來一陣喧嘩，
一隻海豚擱淺在海灘，
家庭婦女帶著剛放學的小女孩去運水
灑在海豚的眼睛裡
直到它流出眼淚，可誰又知道
在海豚的肚子裡藏著一顆炸彈
它流出鄙夷的眼淚，可卑微的人類又讓它感動

2016

語言文學類　PG2145　秀詩人50

憂鬱共和國

作　　　者/王東東
責任編輯/鄭伊庭
圖文排版/周妤靜
封面設計/張何之
封面完稿/蔡瑋筠

發　行　人/宋政坤
法律顧問/毛國樑　律師
出版發行/秀威資訊科技股份有限公司
　　　　　114台北市內湖區瑞光路76巷65號1樓
　　　　　電話：+886-2-2796-3638　傳真：886-2-2796-1377
　　　　　http://www.showwe.com.tw
劃撥帳號/19563868　戶名：秀威資訊科技股份有限公司
　　　　　讀者服務信箱：service@showwe.com.tw
展售門市/國家書店（松江門市）
　　　　　104台北市中山區松江路209號1樓
　　　　　電話：+886-2-2518-0207　傳真：+886-2-2518-0778
網路訂購/秀威網路書店：https://store.showwe.tw
　　　　　國家網路書店：https://www.govbooks.com.tw

2019年1月　BOD一版
定價：280元
版權所有　翻印必究
本書如有缺頁、破損或裝訂錯誤，請寄回更換

國家圖書館出版品預行編目

憂鬱共和國 / 王東東著. -- 一版. -- 臺北市：
秀威資訊科技, 2019.01
　　面；　公分. -- (語言文學類；PG2145) (秀
詩人；50)
　　BOD版
　　ISBN 978-986-326-659-4(平裝)

851.486　　　　　　　　　　107023032

讀者回函卡

感謝您購買本書，為提升服務品質，請填妥以下資料，將讀者回函卡直接寄回或傳真本公司，收到您的寶貴意見後，我們會收藏記錄及檢討，謝謝！
如您需要了解本公司最新出版書目、購書優惠或企劃活動，歡迎您上網查詢或下載相關資料：http:// www.showwe.com.tw

您購買的書名：＿＿＿＿＿＿＿＿＿＿＿＿＿＿＿＿＿＿＿＿＿＿

出生日期：＿＿＿＿＿年＿＿＿＿＿月＿＿＿＿＿日

學歷：□高中 (含) 以下　　□大專　　□研究所 (含) 以上

職業：□製造業　□金融業　□資訊業　□軍警　□傳播業　□自由業
　　　□服務業　□公務員　□教職　　□學生　□家管　□其它＿＿＿

購書地點：□網路書店　□實體書店　□書展　□郵購　□贈閱　□其他

您從何得知本書的消息？

　□網路書店　□實體書店　□網路搜尋　□電子報　□書訊　□雜誌
　□傳播媒體　□親友推薦　□網站推薦　□部落格　□其他＿＿＿＿＿

您對本書的評價：（請填代號　1.非常滿意　2.滿意　3.尚可　4.再改進）

　封面設計＿＿＿　版面編排＿＿＿　內容＿＿＿　文／譯筆＿＿＿　價格＿＿

讀完書後您覺得：

　□很有收穫　□有收穫　□收穫不多　□沒收穫

對我們的建議：＿＿＿＿＿＿＿＿＿＿＿＿＿＿＿＿＿＿＿＿＿＿

＿＿＿＿＿＿＿＿＿＿＿＿＿＿＿＿＿＿＿＿＿＿＿＿＿＿＿＿＿＿

＿＿＿＿＿＿＿＿＿＿＿＿＿＿＿＿＿＿＿＿＿＿＿＿＿＿＿＿＿＿

＿＿＿＿＿＿＿＿＿＿＿＿＿＿＿＿＿＿＿＿＿＿＿＿＿＿＿＿＿＿

11466
台北市內湖區瑞光路 76 巷 65 號 1 樓
秀威資訊科技股份有限公司　　　收
BOD 數位出版事業部

....

（請沿線對折寄回，謝謝！）

姓　　名：_____　年齡：_____　性別：□女　□男

郵遞區號：□□□□□

地　　址：_____

聯絡電話：(日) _____ (夜) _____

E-mail：_____

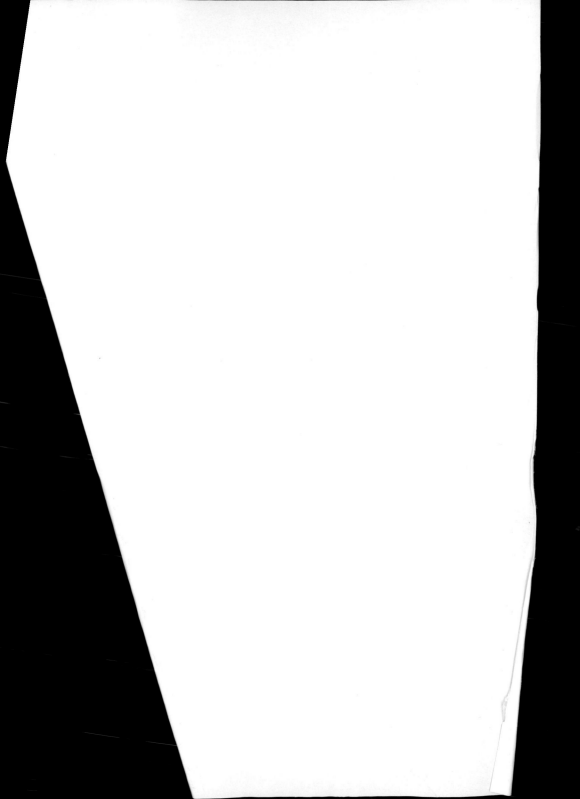

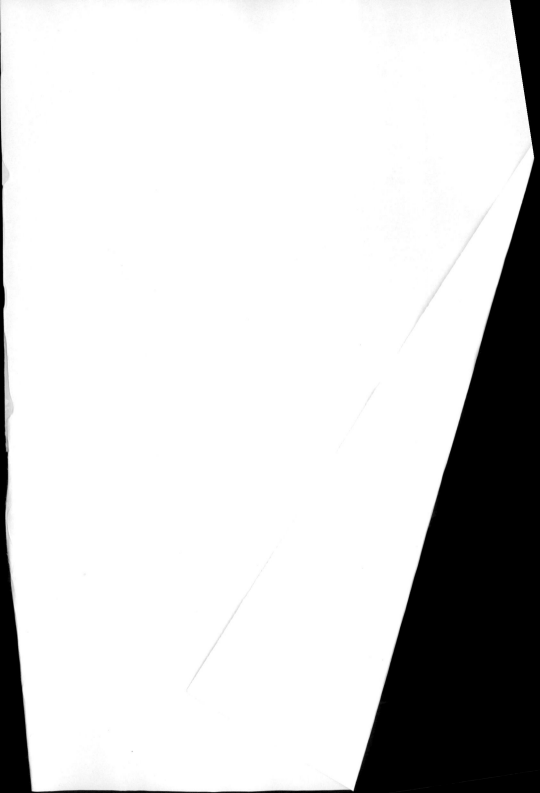